ハイツひなげし

古川 誠

センジュ出版

ハイツひなげし

古川誠

センジュ出版

目次

気高きストレンジャーたちへ

1話

7号室 露草《つゆくさ》 雫《しずく》（30歳 無職）

仕事を辞めて毎日家にいるようになってみると、昼間の世界というものが、とても静かに動いていることをわたしは初めて知った。

働いているときのわたしの生活は、だいたい毎日おんなじだった。東京の外れのこの古いアパートから、有楽町にある文房具の小さな卸問屋の会社まで出勤し、家に帰ってくるのはたいがい夜も遅い時間。週末は週末でたいていい昼まで部屋で寝て過ごしていたから、そういうことに気がつく余裕がなかったのだ。

心療内科に行くのは初めてだった。もちろんわたしは自分が心療内科のお世話になるなんて思ってもいなかった。でも電話をしてみるとあっけないくらい簡単に予約が取れて、あっけないくらい簡単にわたしは軽度の鬱と診断された。

でも、そもそもわたしはなにかの拍子に鬱になったなんて思ってなくて、言ってみればわたしには小さな頃からずっと鬱的な傾向があったと思う。ふとした拍子に原因もなく塞ぎ込むことが多くて、子どもの頃からその気持ちの処理にずっと苦しんできた。大人になるにつれて少しずつそれをコントロールすることができるようになったけれど、それはなくなったわけではなく、たぶんわたしに飼いならされただけだった。でもそういうことは誰にだってあるんじゃないかと思う。嫌な言い方をすれば、世の中の人の半分くらいは多かれ少なかれ鬱的なものを抱えていると思うし、それに名前をつけるとするとその言葉しかないから、医者に行って診断を受けた人には鬱という名前をつけるしかないのだろうと思っていた。

でもそれはわたしの浅はかな考えだった。鬱にはきちんとした身体的な症状があるということを、わたしは実感として知ったのだった。

最初に出た症状は、朝起きられなくなったことだった。母の葬儀が終わって、もろもろの手続きがすんだのが3月の終わり。それはあっけない死に際だった。ある日体調が悪いと言い出した母は、寝込んだと思ったら医者に肺炎と診断され、入院したと思ったら1カ月もしないうちに死んでしまった。あっけないという以外の言葉が見つからない。

わたしは葬儀の前後で1週間の休みをもらって、初めて経験するさまざまな手続きを、親戚やら近所の人やらに手伝ってもらいながらなんとか終わらせた。文字どおりあっという間の1週間だった。今振り返ってみても、そのあいだになにをして、なにを食べたかとか、そういうことがほとんど思い出せなかった。

そして会社に復帰した翌週の月曜日、わたしは二度寝をしてしまって遅刻した。社会人になってずいぶん経つけど、会社に遅刻するなんて初めてのことだった。会社どころか、今までの人生で遅刻というものをしたことがなかったから、わたしはその自分が会社に遅刻したことがほんとうにショックだった。それでもわたしは、それはたったひとりの肉親である母親の死というタフな現実に対する疲れのようなものだと思っていた。

父親は、わたしが小さいときにわたしと母を置いていなくなってしまった。母は女手ひとつでひとりっ子のわたしを育て、大学まで出してくれた。そんな母を見て育ったから、わたしはとてもいい子だった。母に心配をかけることは、自分にとってなによりの悪だった。だからわたしは遅刻なんてしたことがないし、宿題を忘れたこともなかった。もちろん誰かとの約束を破ったこともない。他人に期待されたり望まれたりすることには、いつも100点の答えを返せていないと落ち着かなかったのだ。逆を言えば常に100点の答えさえ返せていれば、誰にも迷惑をかけないですむ。それはわたしにとっていちばん心理的に楽な状態で、わたしが身につけたわたしなりの処世術のようなものだった。

そう考えると、わたしにとって「いい子でいることの意味」の象徴でもある母があっけなく死んでしまい、「いい子でいる理由」が急になくなったと、無意識に体が反応したのかもしれない。

でもだからといってそんなに簡単に悪い子になんてなれるはずもないし、別にわたしはわざわざ悪い子になろうとなんて思ったりしない。もちろん意図して会社に遅刻しようなんてことを思うはずもない。それはきっとただの疲労だ。やってきて過ぎていくものなのだ。わたしはそう思っていた。

しかし次の日もその次の日も、わたしは朝起きるのが辛くて仕方がなかった。夕方や夜はそんなことないのに、朝起きた瞬間から、まるで寝ているあいだに体中に鉛を流し込まれたかのような怠《だる》さなのだった。通常のわたしの目覚めはそんなに悪い方じゃなかったのに、体が重くてベッドから起き上がれない。それでもわたしはゆっくりと、必死に体をほぐすように動かして、這うようにして会社に向かった。

どこか体の具合でも悪いのだと思い、わたしはまず内科に行ってみた。でも熱もないし、食欲はいつもどおりあった。どれだけ調べてみても体は至って健康だった。そこでわたしは思い直した。たぶん急に母が死んで、お墓のこととか保険のこととか忙しかったから、体も心も、きっと自分が思っている以上に疲れているのだ。今週の土曜日はゆっくり眠って、それから好きな映画でも観に出かけて気分転換をしよう。

会社で働いていても、今までのような集中力がなくなっていることにわたしは気づいていた。

メーカーから預かった商品を、文房具店や商業施設の売り場ごとに適正な数に振り分けて出荷の指示をするのがわたしの仕事で、営業マンがメーカーから受注してきたその商品の振り分けの調整をし、納品書や請求書を作成することが毎日の主な業務だった。

その1週間は、ぼんやりして小さなミスをいくつかした。ふだんは几帳面な性格のわたしにとって、ありえないようなミスだった。それは本当に珍しいことだったので、経理の福沢《ふくざわ》さんはわざわざわたしのデスクにやってきて「珍しいじゃん、露草がこんなミスするの。この伝票、支払いのサイクルがぜんぶ違っているわよ」、と言って伝票の束をわたしの机に置くと、怪訝《けげん》な顔をして帰っていった。

ミスなんてするもんだから心が萎縮して、ミスをしないように気持ちを集中しようとすればするほど、気づけばいつのまにかぼんやりしている。そんなふうに落ち着かない毎日が過ぎていった。ミスをしてはいけない。他人の要求や期待を、裏切ってはいけない……。

そして月曜日の遅刻から始まり、だましだまし金曜日までを乗り越えたその週末、わたしは映画を観に行くどころか、部屋から出ることさえできなかった。ほとんど1日中ベッドから起き上がれなかったのだ。もしかしてこれは鬱の症状というやつかもしれない。ベッドに横になったままスマホで調べてみると、そこには今のわたしとまったく同じ症状がたくさん書き込まれていた。

そうしてわたしは少しずつ会社を休むようになった。心の中にピンと張りつめていた糸がハサミでぷつんと切られるように、それは本当にあっけないくらいあっさりと切れてしまった。なにしろ朝目が覚めても、もう起き上がる気力がまったくわかないのだった。

会社を休みがちになっていったわたしが、医者に出してもらった診断書を総務人事部に提出したとき、総務人事部長の吉田《よしだ》さんはわたしに休職を薦めてくれた。でもその目の奥には安堵の光が見てとれた。正式な診断書がある以上、わたしを休ませるのが会社にとってはいちばん面倒が少ないのだ。

お昼休みに外に出てみると、たくさんの人が行き交うこの広い世界の中で、わたしはひとりで行き場をなくしてしまったような淋しさに襲われた。わたしのことを本気で考えてくれる人は、もう誰もいない。


1日考えて、わたしは会社を辞めることにした。わたしは気がついてしまったのだ。別にこの会社に強い愛着があるわけでもないし、22歳で大学を卒業してから8年間働いて、そんなに多くはないけれど貯金だってあった。会社の偉い人たちだって、わたしには自分のことしか考えていないように見えたし、同期入社の仲間とも8年も一緒に働いていると、最初の頃の親しさみたいなものはもうだいぶなくなっていた。密かに好きだった営業部の桜井《さくらい》さんに会えなくなるのは少しだけ辛かったけど、そもそもわたしは桜井さんとはほとんど口をきいたこともないのだし、桜井さんがわたしのことを認識しているかだって怪しいものだ。そう考えたら会社に未練なんてほとんどないのだ。

会社を辞めて1週間くらいは、とにかくぼんやりしていた。脳のまわりに薄い膜が張られたみたいに、すべてが曖昧に霞《かす》んでいるようだった。

会社に行くというプレッシャーがなくなったら、もしかしたら朝の目覚めが良くなるかもしれない。そんな淡い期待をしていたけれど、相変わらず目覚めは最悪だった。それでも日によってその重さの濃淡はあり、わたしは起きられる日はできるだけきちんと起きて、朝ごはんを作ったり、洗濯をするようにしていた。それでもすぐに疲れてしまい、そんなときはまたベッドに潜り込んで夕方まで眠るのだった。

だからわたしは朝きちんと目が覚めた日だけは、できるだけ部屋の外に出るようにしていた。起きられない日は本当にどうしようもなくて、トイレに行く以外はベッドの中で1日の大半が過ぎ、日が暮れていく気配を感じながら横になって過ごすしかなかった。とにかく体も頭も重くて、動く気になんてまったくなれない。カーテンを開ける気にさえならなかった。それは暗い海の底で誰にも気づかれずにひとりで座っているような、なんともいえないもの悲しい気分だった。わたし以外の人だって、それなりになにかを抱えながらもこの部屋の外で健康に真っ当に生きて働いている。わたしは頑張りが足りないのだ。ひとりで部屋にいると、そんな強迫観念のようなものがわたしを襲った。どこかに電話して誰かの声を聞きたいと思ったけど、こういうときにいつも電話していた母は、もうこの世界にいなかった。

だから少しでも元気のある日は、隣の駅にある本屋さんまで足を伸ばしたり、公園に行ったり、カフェで本を読んだりするようにした。それは自分がこの世界にかろうじてつなぎ止められていることを確認するようなものだった。誰とも口をきかないので、ときどきわたしは自分が喋《しゃべ》れることを確認するみたいに、そっとひとり言を言った。

会社に行っているときは1日なんてあっという間に過ぎていたのに、夕飯の買い物をしてアパートに戻るときに、わたしはふと立ち止まって暮れゆく空を見上げて、1日は案外長いんだなあと思った。夕陽がとってもきれいだった。桜はもうあらかた散っていて、町のあちこちにからたちの白い花が咲いていた。わたしが部屋に閉じこもっているあいだにも、世界は動いていた。

わたしの住んでいる家賃5万円のアパート「ハイツひなげし」の道を挟んだ正面には、小さな児童公園があった。そこには夕方になるといつも野良猫たちが集まっていた。毎日見るようになって初めて知ったことだったけど、そこはどうやら猫たちの集会所になっているようだった。そのなかの1匹は、後ろの足が1本ない子猫だった。きっと事故にでもあったのだろう。その猫はほかの猫よりも歩くのが遅かったけど、足を引きずりながらも必死で飛び跳ねるように歩いていた。どことなく表情も弱々しかった。そして夕方になるといつもその猫たちと一緒にいたのは、同じアパートの8号室に住んでいる小田島《おだじま》さんだった。

小田島さんはたぶん40代の前半くらいだろうか。背は170センチくらいで、お腹は出ていない。どちらかというと筋肉質なのが洋服を着ていてもわかった。いつも坊主頭で、そのヘアスタイルは小田島さんによく似合っていた。だいたい知らない外国のロックバンド（小田島さん本人から聞くのだけどひとつも覚えられない）の古着のTシャツを着ていて、まだ春なのに足元はビーチサンダルだった。

小田島さんはたいていベンチに座って本を読んでいて、猫たちはそのまわりで思い思いに過ごしていた。ぐっすりと眠り込んでいる猫もいれば、ぼんやりと座って遠くを見ている猫もいた。猫たちは小田島さんのことも猫だと思っているのかもしれない。彼らは小田島さんをすんなり受け入れているように見えた。3本足の猫はいつも小田島さんが座るベンチの隣で、小田島さんにぴったりとくっつくようにして眠っていた。

ハイツひなげしは10部屋しかない小さなアパートだから、住んでいる住人はたいてい顔見知りだった。顔見知りといってもたまにしか会わないし、それぞれがどんな仕事をしているのかなんてことは知らない。でも2階の7号室に住んでいるわたしは、隣の部屋に住む小田島さんとは比較的よく顔を合わせていた。このアパートは洗濯機置き場が廊下の各部屋のドアの脇にあったので、必然的に週に1回くらいは顔を合わせることになり、そこで少しずつだけど、わたしたちは親しくもなっていった。それでももちろん小田島さんがそんな時間に毎日公園にいることまでは知らなかった。

「小田島さん、こんばんは。そんなところでなにしてるんですか?」

彼が毎日同じ時間にそこにいるのに気がついてから3日目の夕方、わたしはアパートに入る前に思い切って小田島さんに声をかけてみた。その日は通っている病院に薬をもらいに行く日だったので、仕方なくわたしは重い体を引きずりながら最寄り駅の隣の駅まで行ってきた帰りだった。電車に乗ったら思った以上にぐったりと疲れてしまい、早くベッドに横になりたかった。医者に行っても聞かれることはいつも決まっていて「眠れていますか?」とか「焦らずやっていきましょう」とか、そんなことばかりだった。わたしは「毎日眠すぎて仕方ない。焦るもなにも焦りようがない」と不機嫌に答えた。こんな会話だけなら薬だけもらって帰りたかったけど、前回と同じ薬だったとしても先生の問診を受けないと薬の処方箋は出せないのが決まりのようだった。

アパートに帰り着く頃にはもう日がほとんど暮れていて、あたりは夜になろうとしていた。黄昏時。わたしはこの時間がとても好きだ。暗くなると見える世界が小さくなって、それが今のわたしにはとても心地がよかった。日が暮れれば、夜がわたしのことを隠してくれる。

「お、露草さん、今日はずいぶん早いんですね」

小田島さんは本から顔を上げて、わたしに気がつくと少し笑って言った。わたしは小田島さんに会社を辞めたことを話そうかどうか迷ったけど、結局なにも言わないことにした。

「家が目の前なのに、そんなところで本を読んでるんですね」

「今の季節は外が気持ちいいですから、ついね。それと内緒ですけど、この子たちにごはんもあげてるんです。みんな野良だから」

そう言って小田島さんは笑った。眠っていた3本足の猫が目を覚まし、わたしのことを迷惑そうな顔をして見つめた。

「そうですか。風邪ひかないでくださいね、小田島さん。じゃ」

そう言ってわたしはアパートの外に付いた錆《さ》びた階段を上る。病院の先生を除けば、誰かと会話をしたのは久しぶりだった。でもそれだけでわたしは少しだけ嬉しい気持ちになっていた。階段を上がりきったときに振り向いて道の向こうの公園を見ると、小田島さんは猫にお菓子のようなものをあげていた。小田島さんのまわりには全部で5匹の猫が嬉しそうに集まって来ていた。後ろ足のない3本足の猫が小田島さんの手のひらの上のものを必死に頭を上下させながら食べていた。小田島さんは猫になにやら話しかけているようだった。

町の外れに小さな遊園地があった。もちろんそれはディズニーランドみたいな賑やかなやつじゃなくて、地方都市にときどきある寂《さび》れたやつだ。その遊園地もご多分に漏れず、この時代にどうやって経営しているんだろうと思われるほどの寂れ具合だった。小田島さんはそこで働いていた。働いているといっても事務とか接客じゃない。彼はお昼と夕方にその遊園地で開催される、ヒーローショーのヒーローの着ぐるみの中に入っている。そのヒーロー戦隊は赤（レッド）を中心にした3人編成で、ショーは絵に描いたように時代遅れの代物だった。最初に悪いやつがやってきて、お客さんの中にいる子どもや、きれいな女の人（この女性は仕込み）をさらって人質にとる。そして世の中はピンチになる。でも最後にはそのヒーローが力を合わせて悪いやつらをやっつけるのだ。

途中ピンチがあってヒーローが不利になるんだけど、最後には必ず3人が協力して悪を倒す。わたしですら1分後になにが起こるかわかる。今どきどうしたらこんな安っぽいものが作れるんだろうというくらいのシンプルなストーリー展開に、最後までひねりのないお決まりの勧善懲悪の展開。テレビもマンガも、今の時代はそんなにわかりやすいものはもうほとんどないんじゃないかと思う。

それでも大人も子どもも、観客はみな案外それを楽しそうに見ていた。あるいは世界はわたしが思っているほど複雑じゃなくて、このくらいわかりやすいものなのかもしれない。もしかしたら世界を複雑にしているのはわたしの方なのか。

半年くらい前、わたしはそのショーを、同じ会社で5つ年上の先輩の上野《うえの》さんと一緒に観た。たぶんそれはデートだった。ある週末の土曜日、わたしは上野さんに誘われて、なぜかその遊園地に行った。わたしは上野さんと別段親しくもなかったし、会社ですれ違えば挨拶する程度の仲だった。だけどその週の月曜日に、会社の廊下で上野さんに急に「土曜日に遊園地に行きませんか？」と誘われて、とっさに「行きます」と答えてしまったのだ。

ヒーローショーが終わって、わたしはずっと我慢していたトイレに向かっていた。別にたいしたショーじゃなかったけど、なんとなく最後まで観てしまった。隣に座った上野さんが思いのほか楽しそうにしていて、途中でトイレに行くのがはばかられたのもある。

わたしが迷い込んだのはトイレじゃなくて、どうやら遊園地のバックヤードのようだった。そしてその廊下の椅子には、さっきまで怪獣に必殺技を食らわせていたヒーローの青が座っていた。青いやつは頭の後ろのヒーロースーツのチャックをおもむろに下げ、頭を出した。その坊主頭から汗が湯気になって出ているのが、遠くからでもわかった。

驚いたことに、それはアパートの隣の部屋に住んでいる小田島さんだった。小田島さんは汗をしたたらせながら目を閉じて大きく息をすると、首をポキポキと鳴らした。小田島さんはわたしには気がついていなかった。わたしは小田島さんに気づかれないように、慌ててその場を立ち去った。なんだか見てはいけないものを見てしまったような気がした。

本当は用事なんてなにもなかったのに、夕方から用事があると言って、わたしたちは遊園地から10分くらいのところにある最寄りの駅で別れた。我ながらあっけないデートだった。わたしは改札で上野さんを見送った。上野さんはなんだか複雑そうな表情を浮かべて、改札からいちばん近い電車のドアから電車に乗り込み、電車が発車するまでそのままドアのところに立っていた。ドアが閉まり、電車がホームから消えていくのを見届けたあとで、わたしは走ってさっきまでいた遊園地に戻った。チケットの半券には「当日に限り再入場可」と書かれていた。

わたしはゲートをくぐると、ヒーローショーが行われるメイン広場に向かった。やれやれ。わたしはいったいなにをしているんだろう。同じ日に同じヒーローショーを2回観る。これではただの暇人じゃないか。でも仕方ない。わたしはもういちどそのヒーローショーを観たくなったのだ。ヒーローショーを待つ人たちは、ほとんどが小さい子どもを連れた親か、カメラを首からさげたオタクのような風貌の若い男性がちらほら見受けられる(後者はあきらかに途中でさらわれるきれいな女性役の役者、もしくは女性隊員のピンク目当て)だけで、30歳のわたしはあきらかに浮いていた。

当然ながら2回目も、話の筋は昼の回とまったく変わらなかった。あいかわらずのお粗末なショーだった。でも注意してよく見ると、小田島さん(青)は赤よりもピンクよりも機敏で、その動きにはキレが感じられた。途中必要のないところでバク転までしてみせた。「わたしが経営者だったら小田島さんを赤にするけど」。わたしはショーを観ながらぼんやりそんなことを考えていた。

ハイツひなげしの廊下で会う小田島さんは、いつもTシャツにジャージ姿で、どちらかというとぼーっとしているから、なんだかそれが隣の部屋に住んでいるあのうだつのあがらない（失礼だ）小田島さんだということが信じられなかった。でもよく考えたら、確かに役者の動きは機敏で、みんなが飛んだり跳ねたり吹っ飛ばされたりしているけど、このショーだって冷静に判断すれば相当うだつがあがらないじゃないか。わたしは自分でそんな突っ込みを入れていた。

土曜日最後のショーにはそこそこ人が入っていて、まわりを見ると観客は一様に笑ったり喜んだりしていた。さっきのピンク目当てのおたくたちも、口を開けて楽しそうにそのショーに夢中になっていて、その目は子どもみたいにキラキラしていた。振り返ると小さな飾りのような観覧車の向こうに陽が傾きはじめていた。みんなが笑って、日が暮れて、夜が来て。そのとき、なんだか世界は美しいなあと思ったことを、わたしは今でもよく覚えている。

夕飯は麻婆豆腐にしようと思って、スーパーで麻婆豆腐の素を買って来たのに、わたしはお豆腐を買い忘れていた。我ながら自分のアホさが嫌になる。会社を休むようになってから、ずっとこんな調子だった。ごはんだってもう炊けているのに。わたしは台所に立ちつくして考える。

冷蔵庫にはなにもないから、もういちどお豆腐を買いに行かなければ。時計を見ると9時だった。疲れていたし、ぼんやりテレビを見ていたらこんな時間になってしまった。いちばん近くのスーパーは8時までで、今日はもう閉まっていたから、駅前まで行かないといけなかった。わたしはソファに脱ぎ捨ててあったグレーの霜降りのパーカをはおり、財布を持って玄関を出る。

「あれ、露草さん。今日はよく会いますね」
「あっ、小田島さん」

玄関のドアの外で、同じようにドアを開けた小田島さんとはちあわせする。小田島さんは手に洗濯物の入ったかごを抱えている。小田島さんは胸にSKID ROWという、やっぱりわけのわからないバンド名が入ったよれたTシャツを着ていた。

「あっ、そうだ」

「はい？」

「露草さん。肉じゃが食べませんか？」

「肉じゃが？」

「はい。肉じゃがです」

「はあ……」

「職場で大量にジャガイモをもらったんです」

「……小田島さん、料理なんてするんですね」

「いや、ひとり暮らしだから、少しだけですけど。でも肉じゃがなんて作ったことなかったから、レシピどおり見よう見まねで作ってみたんだけど、案外うまかったですよ。今はレシピはなんでも動画が探せるんですね。でもさすがにこのままだと1週間ずっと夕飯が肉じゃがになっちゃいそうなんで。もしよかったら」

「……はい。じゃあ遠慮なくいただきます」

小田島さんは部屋に入ると、ほどなくして戻ってくる。手には肉じゃがを入れたプラスチックの容器が握られていた。そのタッパに入った肉じゃがを部屋に戻って冷蔵庫に入れてからまたスーパーに行くのも面倒だったし、考えてみれば麻婆豆腐の素は別の日に使えばいいのだ。わたしはその日の夕飯を肉じゃがに変更することにした。このジャガイモを小田島さんにくれた会社の同僚って、赤いやつかな？　もしかしてピンクかしら。そんな考えが頭をよぎる。でもまぁなんでもいいや。

部屋に戻って容器の蓋《ふた》を開けると、肉じゃがの甘い匂いが台所に広がる。白いプラスチックの蓋には、スヌーピーとチャーリーブラウンの絵がプリントされていた。スヌーピーは赤い犬小屋の上に仰向けで横になり、チャーリーブラウンはその犬小屋に寄りかかって昼寝をしていた。「まるで世界には悪い予感のカケラもない」とでもいうかのように、ふたりは安心しきった表情で眠っていた。その絵はところどころプリントが剝《は》げていて、その容器がずいぶん使い込まれていることがわかった。

肉じゃがを行平鍋《ゆきひらなべ》に移して温めると、部屋中に甘くておいしそうな、なんともいい匂いが漂った。わたしは炊飯器から炊きたての白いごはんをどんぶりにたっぷりよそうと、おたまで肉じゃがを掬《すく》ってそのままごはんにのせる。肉じゃが丼。お母さんの前でやったら怒られるやつだ。

小田島さんが作った肉じゃがは、ジャガイモも肉もカットはバラバラで見た目はあまり良くないけど、にんじんもインゲンもタマネギもちゃんとたっぷり入っていて、とてもおいしそうだった。そしてなによりその肉じゃがのラフさは、ごはんにかけた肉じゃが丼というスタイルがしっくりくるものだった。わたしは最後にあつあつのタレをおたまで少しだけ掬ってごはんにかけ、たっぷりと七味唐辛子を振る。食器棚の引き出しから大きなスプーンを取り出す。

「いただきます。あぁ、お腹減ったや」

ひとりの部屋に、わたしの声が響く。なんだか今日はずいぶん喋った気がする。

小田島さんが作った肉じゃがはほんの少しだけ甘すぎる気がしたけど、それでも温かくて本当においしかった。ひとくち口に運ぶたびに、それはわたしの体を奥の方から温めてくれるような気さえした。それは人の手が作ったものの味だった。誰かが作ったものを食べるなんて本当に久しぶりだった。仕事場でもらった大量のジャガイモを持ち帰り、スーパーでにんじんやタマネギを買い込んで、レシピ動画を見ながら小田島さんはこれを作ったのだ。わたしは壁を隔てた隣の部屋でこの肉じゃがを食べている小田島さんのことを考える。そしてこう思う。わたしたちはみんなひとりで、でもひとりなんかじゃないのだ。

わたしはごはんをおかわりして、もう1回肉じゃがをそこにのせた。ごはんをおかわりするなんてそれこそ何年ぶりだろう。でもそれは本当においしかったのだ。

明日この容器を返すとき、なにか料理を作って小田島さんにお礼をしよう。さすがに麻婆豆腐を入れて返すわけにはいかないから、なにを作ろうか。わたしもそれを明日の夕飯にすればいい。わたしは明日の献立を考える。ちゃんとスーパーに行かなくちゃ。冷蔵庫にはなにもないもの。

わたしは明日やることがあるのっていいものだなと思う。スーパーの帰りに、ついでにクリーニング屋さんにも寄ろう。だから明日はちゃんと起きなくちゃ。そして畳の上に座って窓の外に見える外灯の光をぼんやり眺めながら、わたしはひとり口に出す。

「ごちそうさまでした。小田島さん」

今日も小さな町の夜が、静かに更けていこうとしていた。

2話

1号室　丸山夏《まるやまなつ》（23歳 書店員）

小さい頃からわたしは本屋さんが大好きだった。そこには本の数だけ世界があって、立っているだけでそれらの本たちが静かに息をしているような気がした。人生をぜんぶ使ってもとうてい読み切れない量の本が整然と棚に並べられ、静かに息をしている。「モモ」も「西の魔女が死んだ」もいつだってそこにあって、そしてその世界はもうこの先どこまでいっても変わることはなくて、手を伸ばせばその世界に触れられるということは、わたしを深く安心させてくれた。

でも本屋さんで本に囲まれていると、もうひとつ襲ってくる感情がある。それは、そこにあるのはわたしがまだ読んだことのない本がほとんどで、わたしの知らない世界がまだこんなにもあるのだという畏れのようなもの。その石のように固い事実は、わたしにとって少し怖いことでもあった。もちろんそれはまだ見ぬ世界への喜びや期待を前提にした怖さ。でもその感情は、人の一生というものの限定性をわたしに突きつけてくるように感じた。わたしたちはほとんどなにも知ることができずに死んでいく。
それでも現実の世界の果てしない広大さと、本屋さんという小さな空間の中の、小さな本棚という世界の限定性のコントラストは、外の世界のなんでもありの不条理さに比べたら、よっぽど整然としたブラックホールに思えた。整然としたブラックホールなんてものが存在するかどうかはおいておいて。

「大学を卒業したら本屋さんで働こう」。わたしがそう思ったのは必然だったと思う。そこに迷いはなかった。それでも就職活動はそんなに甘くなくて、大きな書店チェーンの採用試験にわたしはことごとく落ちた。面接当日の朝になるとお腹が痛くなったり、風邪をひいたり、わたしは自分の勝負弱さを呪わずにはいられなかった。でもお腹が痛くならなくても、たぶんわたしはそれらの面接には通らなかった気がする。本のことは大好きだったし、本屋で働きたいという情熱だってもちろんある。でもわたしにはどうしてか圧倒的に覇気というか、潑剌《はつらつ》さがないらしいのだ。わたしは外見的にはどちらかというと整った顔立ちをしていたと思う。リクルートスーツだってきちんと清潔に着こなしているし、自分なりにハキハキと明るく面接に臨んでいるつもりだった。でもわたしはそもそものテンションがもとから低いこともあって、昔から思っていることが相手に伝わりづらいのだ。大学の友達にも「夏はいつも表情が変わらないから感情がわかりづらい」とよく言われていた。自分ではそんなつもりはないのだけど、他人が言うのだから仕方ない。わたしはふつうにしていても覇気がなく見えてしまうらしいのだった。

それでも、ひとつだけ内定をもらえた書店チェーンがあった。そこは「ライフスタイル事業部」という、本屋さんの雑貨部門を強化するための新規事業スタッフの採用だった。就職活動に疲れていたわたしは、内定をくれたその会社にとても感謝していたし、実際のところものすごくいい会社だと思ったけど、最後の最後で内定を断った。わたしはおしゃれな雑貨を売る仕事がしたいのではなくて、本当にただ本屋さんで働きたかったのだ。

結果的にその会社以外のすべての就職活動に失敗したわたしは、駅前の本屋さんでアルバイトを始めた。

親はきちんと就職しない娘のわたしのことをずいぶん心配したし、4月が来ていざ仕事が始まったら、就職した大学の同級生の友達と会う機会もめっきり減ってしまった。大学時代は毎週のように会っていた友達とも、いつのまにかなんとなく距離ができたという感じだった。

それでも4月5月はお互い頻繁に連絡を取り合って食事をしたりしていたのだけれど、集まる場所は大学生のときのように安い居酒屋ではなくなって、銀座とか表参道に変わっていったし、就職した同級生たちは会うたびに少しずつ大人びていくように感じられた。みんなメイクも上手になって、最初は借り物みたいだったスーツも少しずつ似合うようになっていた。でもわたしはといえば、相変わらずいつもコットンの白いシャツにチノパン、コンバースのスニーカーだったから、集まるとなんだかひとりだけ学生のようだった。そうしていつのまにか集まる回数そのものが減っていき、集まる約束があってもわたしは顔を出すことを躊躇《ちゅうちょ》するようになっていた。なんとなく居心地が悪くなっていったのだ。

社員だろうがアルバイトだろうが、働くことに変わりはない。そのわたしの考えは、もしかしたらずいぶんピントのずれたことなのかもしれない。そう思ったのは、就職して少ししてからだった。正社員とアルバイトはぜんぜん違う。それが社会の一般的な考え方でありムードだった。

わたしの勤めている「よつば書店」は、郊外の町の駅前にある、言うなれば典型的な「町の本屋」だ。もう30年以上も前からそこにある、地元の人のための小さな本屋。実際わたしは大学時代によくその本屋さんで本を買った。オーナーは50代の夫婦で、アルバイトはわたしともうひとり、近くの女子大に通っている田口《たぐち》さんが交代でシフトを組んで入っていた。

長引く不況は本の業界でも深刻で、日本中にあるよつば書店のような町の本屋さんは売上げがどんどん悪化し、次々と閉店するという状況が続いている。ライフスタイル全般を提案する、もはや本屋さんとは呼べないんじゃないかと思うおしゃれ書店や、ショッピングモールの中にあるような大型書店チェーンだけが生き残り、しかもアマゾンのようなネット書店の便利さを多くの人が知ってしまったから、昔ながらの町の書店はほとんど瀕死の状態だった。

だからといってよつば書店が独創的な商品ラインナップで勝負して生き残っているとか、革新的な経営手腕で勝ち残った一部の勝ち組書店かというと、実はまったくそれとは正反対だった。

店長の藤島《ふじしま》さんは、いい人なんだけど別に本好きでもなんでもない。ただ単にこの店が彼の両親が残してくれたお店で、曲がりなりにも同じビルに自宅が併設された自社ビルであり、家賃がかからないからに他ならなかった。

本屋さんの仕事というのはとても規則正しくて、わたしはそれが気に入っている。朝、取次《とりつぎ》と呼ばれる問屋さんのトラックがやってきて本が届いてから、夜にレジを締めるまで、忙しさに多少の差こそあれ、だいたいほぼ同じリズムで1日が過ぎていく。

朝に配本されてくる本は、前日の夕方にならないとわからない。そこにはその日発売の少年ジャンプから、賞を取った作家の話題の本まで、いろいろなものが混ざっている。でも話題性があって売れる本はそのほとんどが大型の書店に配本され、よつば書店のような小さな書店では、出版社に注文しても、注文したとおりの本の冊数が入ってくることは稀だった。何年か前に芥川賞を受賞したお笑い芸人が書いた本は、発売後ずいぶん経ってから、思い出したように朝の商品の梱包の中に3冊だけ入っていた。女性誌が発売する日はたいていかぶっていて、12日とか28日の朝にはいつもよりたくさんの本が届く。その段ボールを開封して、本や雑誌をしかるべき場所に置くために仕分けをし、棚に並べる。そういった作業はとても楽しかった。収まるべきところに本や雑誌が収まり、梱包の山がなくなっていくのを眺めるのは、わたしにとってなにより気持ちがいいことだった。

もちろん送られてくる本の数だけ毎日本が売れるはずもないから、棚は必然的に本で溢れていく。だからこんどはそこから取次に返品する本を選んで、本を入れ替える。ときどき昨日返品した本の在庫をお客さんから尋ねられたりすると、「あぁ置いておけばよかった」と後悔もするのだけど、一方で意図的に隣に並べた本が2冊一緒に売れていったりすると、とても嬉しかった。

10時にお店がオープンしてからも、その棚の調整をしながら返品の本をまとめたり、お客様から注文のあった本の入荷の電話をかけたりしているうちに、だいたい午前中は終わる。わたしが人よりも本が好きで、棚の整理に向いていることがわかると、藤島さんは本の管理のたいていをわたしに任せてくれた。そして自分はというと、レジに座って週刊誌をパラパラとめくったりしているのだった。

その日は朝から雨が降っていて、客足も鈍かった。わたしは入荷分の本の整理と、返品する本のまとめを終えてひと息つき、ぼんやりとレジに座っていた。5月の雨は細くて、それは傘をさしてもしっとりと洋服が濡れるような面倒な雨だった。入口のドアに貼ってあるVERYとかDomaniといった女性誌のポスターのあいだから、人々が通りを足早に歩いていくのが見えた。

「丸ちゃん、じゃあ俺ちょっと配達に行ってくるね」

ふと顔を上げると、店長の藤島さんがレジの前に立っていた。

「どうした丸ちゃん？　ぼんやりして」

「いや、なんでもないです。店長、雨だから気をつけて」

藤島さんは午後になるとたいてい雑誌の配達に出かけて行く。図書館や美容室に雑誌を届けているのだ。それだけでなく藤島さんは、常連さんで足の悪いご老人の自宅などにも、週刊文春やら家庭画報やらをわざわざ届けているのをわたしは知っている。

夕方になると雨が上がり、少しずつお店の中に人が増えてきた。増えてきたといっても5人とか6人とか、まあいわばいつもどおりの店内だ。スーパーの帰りに寄って週刊誌を買って帰るいつものおばさんや、会社帰りのスーツ姿のサラリーマン、鉄道雑誌の棚の前でもう2時間近く立ち読みをしている鉄道オタク（リュックが通路を塞いでいる）。レジの中からそんな景色をぼんやり眺めていると、わたしはやっぱり本屋さんが好きだなぁと思う。ここではみんながそれぞれの時間を思い思いに過ごしている。

文庫本の棚のところに、同じアパートに住んでいる小田島さんがいた。わたしは小田島さんを知っているけど、小田島さんはわたしのことを知らないと思う。もちろんわたしたちは毎週のようにレジでやり取りをしているわけだから、お互い顔見知りではある。だけどそれは知り合いとは言えなかった。同じアパートに住んでいるだけで、他人だ。でもわたしはそのわたしだけが知っている秘密をなぜか心地よく感じていた。名前だって、彼がいつも持っているトートバッグに刺繍《ししゅう》されたＯＤＡＪＩＭＡという文字で知っただけだった。

わたしはハイツひなげしという古いアパートの、1階の1号室に住んでいる。今どき部屋が１０１とか２０８とかではなくて、1号室から10号室までというアパート自体が珍しい。そのアパートはここからひとつ隣の駅の、駅から歩いて10分くらいの静かな場所にあって、目の前の道を挟んだところには小さな公園があった。建物は古いけど清潔で、家賃は5万円。6畳の和室と小さなキッチン。お風呂とトイレが別々についていてその値段は、いくら新宿から40分ほど離れた急行の停まらない小さな駅だとしても安いと思う。大学入学と同時に引っ越して来た町だから、わたしはそのアパートにもう4年以上も住んでいた。

遅番の日の昼前に窓を開けて出勤の準備をしていると、いつも決まった時間に外の階段から人が降りてくる足音がして、それが小田島さんだった。台所の窓が道に面していて、小田島さんが道路に出て行くのが洗い物をしていると窓の向こうに見えた。

同じアパートに住んでいる人。仕事はなにをしているのだろう？　いつ会ってもジーンズにTシャツ姿で、白いトートバッグを持って出かけていく。サラリーマンじゃないことは確かだ。年齢もたぶん40歳は超えていると思う。40歳にもなって家賃5万円のアパートでひとり暮らし。大丈夫だろうかと心配にもなる。でもそれを言ったらわたしだって大学を卒業して、いまだアルバイト暮らし。他人のことをとやかく言う権利なんてどこにもない。

小田島さんはよつば書店に来ると、いつも文庫本を1冊買っていく。週に1回くらいはやってくるから、本を読むペースは速いと思う。そして嬉しいのは、彼が本を買ってくれることだけじゃなくて、よつば書店のことを楽しんでいるのがわかるということだった。

小田島さんは雑誌の棚に行って文芸誌をぱらぱらとめくったかと思うと、実用書の棚の前でレシピの本を取り出して眺めてみたり、その日その日でいろいろな棚を見て回るのが習慣だった。そして最後は必ず文庫本の棚でじっくり時間をかけて本を選んで、1

冊だけ買って帰っていくのだ。そのすべての棚は、わたしが毎日手をかけて整理して、わたしが本を入れ替えている。そういう世界の中で誰かが時間を過ごしているのを見るのは、とても幸せだった。

小田島さんの隣で文庫本を選んでいる中学生の少年も、このお店の常連だった。制服のボタンをいちばん上まで締めて、学生帽をかぶり、いかにも真面目そうな少年だった。たぶん学校ではあまり目立たないタイプだと思う。

彼はいつもお店に入ってくるとまっすぐに文庫本の棚に行き、その前で真剣に文庫本を選んでいた。このあいだ買っていった中上健次はもう読んでしまったのだろうか。中上健次は中学生が読むには理解しやすい本とは言えないだろう。そもそもどんなきっかけがあったら中学生が中上健次を読もうと思うのだろうか。彼は彼でなかなか難しい大人になりそうだった。

その少年が、珍しく文庫の棚を離れてコミック棚の前にいたので、わたしはなんとなく気になって彼の動きを目で追っていた。

そのとき、彼は1冊のマンガをカバンの中に滑らせるように入れた。コミックの棚はレジから少し死角になっているので、気にしていなかったら見えなかっただろう。でもわたしには確かにその瞬間が見えた。このまま彼が店を出たら万引きだ。いつもきっちり1冊文庫本を買って帰る彼に限ってなにかの間違いだと思ったけど、それははっきりとした事実だった。月末の棚卸しのときに売上げと在庫の数字が合わないときは、たいてい万引きによる被害だった。

胸の鼓動が速くなるのがわかる。わたしは息をのんで彼の動きを目で追っていた。彼はそのまま文庫の棚を素通りすると、店の外に出て行く。わたしがレジを出ようとしたそのときに、誰かがわたしを制した。小田島さんだった。

「えっ?」

「これ、あいつがさっきカバンに入れたマンガの代金です。わたしがやってることはたぶん間違ってるけど」

「でも……」

「あの子は万引きするようなやつじゃないです。中学生なのにいつもいい本を選んで読んでる」

「でも、……確かにカバンにマンガを入れました」

「はい。それは間違いない。わたしも見てました。カバンに入れたマンガはキャプテンです。野球マンガであれ以上のものは、もうこの先誰も描けないでしょう。マンガ史に残る名作です。マンガもなかなかいいセンスだ」

小田島さんは言う。あやうく説得されそうになるけど、よく考えたらぜんぜんわけがわからない説明だ。キャプテン？　野球マンガの名作？

「……そういう問題じゃなくないですか」

さっきまでの心臓が飛び出そうな緊張感とはあまりにかけ離れた会話に、わたしは拍子抜けして言う。そうこうしているうちに、きっと彼はもう人混みにまぎれてしまっただろう。それは少しだけほっとしたような気持ちだったのも正直なところだった。

「ちょっと今から僕が話してきます」

小田島さんは少し考えてからそう言うと、わたしの手に千円札を握らせて、店を出て行ってしまう。

「あの、ちょっと……おつり」

店内にいた数人のお客さんがなにごとかとレジの方をうかがっているのがわかる。わたしは慌ててレジに戻る。

さっきのはいったいなんだったんだろう。どうしてあの子はマンガなんて万引きしたんだろう。あの子がマンガを買っていくことは今までなかったし、そもそもコミックの棚の前にいたのさえ見たことがない。お金に困っているようなタイプにも見えなかった。わたしは万引きのショックよりも、あの少年が万引きをしたという事実に混乱していた。本当にわけがわからなかった。

藤島さんが帰って来ても、わたしは昼間あったことを報告しなかった。わたしはコミックの棚に行き、キャプテンというマンガの値段を調べた。そしてバックヤードに戻ってその金額を自分の財布から出して、そっとレジに入れた。なぜか小田島さんにもらった千円札は使えなかった。

8時になって閉店後のレジのお金を計算すると、こんな日に限ってレジはピタリと合っていた。

「丸ちゃん、ごはん食べていくかい？」

シャッターを閉めたあとの誰もいない店内で、藤島さんが乱れた雑誌の棚を整理しながら、わたしにそう声をかけてくれる。お店の2階が自宅の藤島さんは、ときどきそうやってわたしに夕飯をごちそうしてくれた。藤島さんの息子さんは大学生で、校舎のある町田の方にひとり暮らしをしていて、なかなかこの実家には帰ってこないそうだ。藤島さんと奥さんと3人で奥さんの手料理を囲む夕食は、本当の家族みたいで、いつもとても楽しかった。

「あ、店長すいません。今日はごはん作ってきちゃったんで」
「そっか。じゃあまた明日よろしくね」
「はい。月末だし、たくさん本が売れるといいですね」

ごはんを作ってきたなんてウソだった。アパートに帰ったって冷蔵庫にはなにもない。わたしは心が落ち着かなくて、早くひとりになりたかったのだ。

従業員用の入口から店を出ると、店のシャッターの前に少年が立っていた。わたしはびっくりして立ち止まる。彼は直立不動で、はっきりとわたしの目を見ていた。駅前のロータリーから、いつも歌っている青年の歌声が聞こえた。


「……ここでずっと待ってたの？」

「……はい……あの」

「なんであんなことしたの？」

「……すみません」

「どうして戻って来たの？」

「今からでも間に合うからお金を払ってこいって。あのおじさんが。本当に間に合いますか？」


お店の前でこの会話はまずいと思って、わたしはなんとなく歩き出す。彼は黙ってわたしのあとをついてくる。わたしたちは表通りから路地を曲がって、少しだけ静かな道に入る。細い道は暗くて、雨上がりの夜の匂いがしている。


「ねえ、小田島さん、……あのおじさん、知り合いなの？」

「いえ、さっき初めて会いました」

「なんて言われたの？」

「……マンガの趣味がいいって。まだ読んでないなら、キャプテンは名作だからちゃんと買い揃えて全巻読めって。それから俺は3代目キャプテンのイガラシが好きだって」

わたしは思わず吹き出してしまう。あの人はなにを言ってるんだろう。そもそも3代目のイガラシって誰？

「でも、万引きはよくないんじゃない？」

「……はい。すみませんでした。ほんとうにごめんなさい。……お金がなかったんじゃなくて、気がついたらやっていました。ごめんなさい。ほんとうにそんなつもりじゃなかったんです」

「……そう」

わたしたちはそのまま無言で歩く。雨上がりの風が気持ちのいい夜だった。

「でも、もうお姉さん、あのマンガのお金もらっちゃったもん。あの人に」

「はい。聞きました。でも自分のお小遣いで払えって、今日中に払ってこいって言われました」

「じゃあこの1000円はどうしたらいいのかしら？」

「お姉さんとふたりでラーメンを食べろって言われました」

「ラーメン？　ウソでしょ？」

「ほんとです。よつば書店の斜め前にある東龍《とうりゅう》って中華料理屋のラーメンは東京でいちばんうまいから、お姉さんと一緒に食ってみろって」


わたしの手の中には少年から受け取った380円があって、スカートのポケットの中には小田島さんからもらった千円札が入っていた。お店のレジは1円の狂いもなくスパンとしまり、気持ちよく1日の営業を終えている。じゃあこの1380円はいったいなんなんだろう。時間はまだ8時過ぎだった。


「でもあなた、家でごはん食べなくていいの？」

「はい。母は仕事で毎日夜遅いんです。父は僕が小さいときにいなくなっちゃいました」

「じゃああなた、いつもなに食べてるの？」

「自分で作ったり、コンビニで買ったりです。お小遣いはちゃんともらってるんです。そのお金で本を買っています」

よく見ると少年の顔は、そのくらいの年齢の子どもの顔よりもずっと大人びて見えた。こんな年で毎日ひとりで生きていれば、こういう顔をするのかもしれない。

「……そっか」

「はい」

「ねえ約束して。もう万引きなんかしちゃダメよ」

「……ごめんなさい」

「本屋さんが好き？」

「はい。大好きです。将来は本屋さんで働きたいってさっきのおじさんに言ったら、少しだけきつく怒られました」

「怒られた？」

「本屋さんで働くなんていい夢を持ってるじゃないかって」

「いい夢？」

「はい。本屋さんはすばらしい仕事だぞって」

「すばらしい仕事か……」

「はい。よつば書店のようないい本屋があるから、俺はこの町に住んでいるんだってあのおじさんは言ってました。チェーン店じゃないいい店がこの町にはいっぱいあるって」

「そうなの？」

「はい。それから本屋さんがそんなに自分にとって大切な場所なら、自分の手で壊すようなことをしたらダメだって。世界なんて人の手でいくらでも壊されちゃうんだから、万引きなんかで自分の大切な世界を自分で壊すなって」


状況的に考えたらとっても変だけど、わたしは少年を連れて東龍という中華料理屋に入る。そのお店はよつば書店のはす向かいの、どこにでもあるような町の中華屋さんだった。わたしはその店のことはもちろん知っていたけれど、入ったことは一度もなかった。東京でいちばんおいしいラーメン屋さんがこんなひなびた町にあるはずがない。でもなんだか今日は小田島さんに言われたとおりそのお店に行った方がいいような気がした。本当ならあの人がこのお店に少年を連れて行くのが、こういうときのふつうの流れなんじゃないだろうか。お店のドアを開けて、カウンターにふたりで並んで座って、わたしは改めてそう思う。

「ねえ、お姉さんビール飲むけどいい?」

「はい。お会計で1000円を超えたらその分はお前がお小遣いから出せって言われてます」

「……なんなのかしら、あの人」

ラーメンを食べるのは本当に久しぶりだった。だからだと思うけど、ひとくち食べてみてわたしは驚く。もしかしたら本当にこのラーメンは東京でいちばんおいしいのかもしれない。昔ながらの醤油ラーメン。煮干しでていねいにダシをとった醤油味の澄んだスープにチャーシューが1枚とメンマ、それから刻んだネギだけのシンプルな味だった。でもそのスープは心にしみ込んでいくようにおいしかった。スープに合うストレートの少し太めの麺は、たぶん自家製だ。

「…………おいしい」

わたしは顔を上げて少年を見る。少年もひとくち食べると目を見開いてわたしを見返す。それからしばらく、わたしたちは無言でそのラーメンを啜《すす》った。お互いスープまで飲み干すと、いろいろ安心したからか、ふーっと肩の力が抜けたようだった。ビールの酔いとラーメンで満腹になったお腹で、とてもいい気持ちだった。テレビでは野球中継をやっていて、どうやら阪神が巨人にサヨナラ勝ちをしたようだった。


「ねえ、あのおじさんは晩ごはんなに食べてるんだろう」

満腹になったわたしは大きくひとつ息を吐《つ》いて、少年に尋ねる。


「今日はペヤングだそうです」

「ペヤング？　ペヤングって、あの焼きそばのペヤング？」

「はい」

「なら一緒に来ればよかったのにね」

「はい。僕もそう思って言ってみたんです。でもこのお店の焼きそばよりは、ペヤングの方がうまいって言ってました。焼きそばはダメなんだって」

「……変な人」

「……あの、お姉さん、…………僕また、よつば書店に行ってもいいですか?」

「もちろん。でも約束して。もううちの店じゃなくても、どこでも万引きなんて絶対しないって」

「はい。約束します。ごめんなさい。僕は他の大きな本屋さんよりも、よつば書店の本の並べ方が好きなんです。よつば書店の棚の本は、本が嬉しそうに見える」

あぁ、こんな小さな少年にも、わたしの棚を見てもらえていた。わたしは嬉しくなって立ち上がる。

「さあ、帰ろう」

「はい」

「ありがとうございました。ラーメンふたつとビールで、1380円です」

「1380円?」

「はい。1380円です」

わたしはポケットから１３８０円を出す。小田島さんがくれた１０００円と、少年がさっきわたしに払った３８０円。ウソみたいだけど、こんな奇跡みたいな夜がある。

「あの、３８０円は僕が払う約束です」

わたしはポケットから出したお金を手のひらに載せて彼に見せる。

「ねえ、見て。ぴったり１３８０円」

お店の外に出ると、土曜日の夜の駅前はまだまだ人でいっぱいだった。電車にひと駅乗るのも面倒だし、酔い醒ましに少し歩きたい気分だった。わたしは家まで歩いて帰ろうと思いつく。

「じゃあね。ひとりで帰れる？」

「はい。お姉さん、ありがとうございました」

「うん。またお店で」

わたしは歩き出す。そして少年に名前を聞くのを忘れたことに気づく。まあいいや。それはきっとたいしたことじゃない。それからハイツひなげしの小さな部屋で、ペヤングのソース焼きそばを食べている小田島さんのことを考える。

5月も終わろうとしているのに、花水木《はなみずき》の花がしぶとく咲いていた。その白い花は、夜の闇の中で光っているようにも見えた。だけどそれが気のせいだということも、わたしはもう知っている。夜が明るいので、歩きながらわたしは月を探してみたけれど、それはどこにも見つからなかった。

3話

10号室　香田次郎（23歳 ゴミ処理作業員）

収入の2分の1をお布施として納めているので、今日の晩ごはんもいつもどおり質素なものだった。白いごはんに納豆、豆腐。以上。昨日もおとといも同じ。ごはん、納豆、豆腐。

納豆と豆腐は野菜みたいに相場の変動がなく、いつでも安く買えるし、かつ栄養もあるから本当に助かる。

それでも毎月5万円のアパートの家賃と光熱費、それから昼ごはんに食べるおにぎり代（毎日それは300円まで、ジュースやお茶は買わないと決めていた）を引くと、月末に残っているお金はそんなに多くはなかった。

大学時代に受け取っていた奨学金の返済が痛かった。毎月のその2万円の返済がなかったら。何度そう思ったことか。それでも収入の全額を納めて施設で共同生活を送っている人たちに比べたら、僕なんて贅沢をしていて、まだまだ徳が低いのだ。そう思い直して目を閉じる。

「天上におわしますお上《かみ》の方《かた》よ、今日も1日ありがとうございました。明日も地球との融合がなしとげられんことを」

小学生のときから僕は勉強も運動も苦手で、クラスでもまったくと言っていいほど存在感がなかった。そのうえ一重まぶたで目が悪かったから、人からは目つきが悪く見えるらしかった。モノをしっかり見ようとするときは目を細めて焦点を合わせるようにしていたので、それが原因で不良グループにガンを飛ばしていると言いがかりをつけられて、袋叩きにあったこともある。おまけに両方の目はふつうの人より少し離れていて、中学を卒業するまでのあだ名はカエルだった。容姿がぱっとしないだけじゃない。僕にはなにひとつ特技もなかった。

それに僕の家は僕が生まれたときから貧乏で、父親と母親は顔を合わせればいつもお金のことで口論をしていた。僕は家に帰っても親に叱られないかどうかだけを気にしながら、空気のように存在感を消して日々を過ごした。

高校に進学しても、僕の生活は今までとなんの変化もなかった。友達ひとりできなかった。もちろん女の子と話す機会なんてまったくと言っていいほどなかった（たいていの女子は僕のことをいないことのように振る舞っていた）し、先生さえも僕のことなんてほとんど認識していなかったんじゃないかと思う。とにかく僕はどこにいても存在感が薄かった。

僕が生まれ育ったのは埼玉の田舎町だったので、小学校も中学校も同じ顔ぶれだった。進学した高校にも同じ中学の人間が30人はいた。でも僕はもう高校になると苛《いじ》められることもなくなっていた。僕は徹底して存在を無視されて生きてきた。いや、無視されてもいない。そこには意識さえないと思う。僕は彼らにとってもはや認識すらされない存在だったのだ。

18歳になって初めて町を出た。必死で勉強をして、誰も聞いたことのないような三流の大学に合格し、東京の外れのこの町の小さなアパートに引っ越した。大学を選んだ基準は、僕の頭のレベルでも入れるところで、同じ高校の人間が誰も受験しなそうなところ。誰も僕のことを知らない町で、僕はもういちど自分というイメージを一から作り直すことを夢見ていた。家は貧乏だったから仕送りはなし。奨学金をもらいながらアルバイトをして暮らしていくという約束で、親に頼み込んで大学に行かせてもらったのだ。

大学の入学式が終わって、見たこともないような大きな講堂を出ると、たくさんの上級生が群がって僕に話しかけてきた。もちろん僕だけじゃなくて、講堂から外に出てきたすべての新入生たちに彼らは手分けをして話しかけているのだった。それはサークルの部員確保のための勧誘だった。

「運動してた?」とか「俺たちのサークルに入れば合コンし放題だぞ」と言って、ひっきりなしに先輩が僕のところにもやってきてはチラシを手渡していく。その先輩たちは、僕が高校で一緒だった人間たちとは種類が違うように見えた。大学生というだけでこんなにも違うものなのかと僕は驚いた。男性はもちろん、女性はうっすらと化粧をしていて、とても大人っぽく見えた。数人の女性の先輩が僕にチラシを手渡してくれて、そのうえ見たこともないようなまぶしい笑顔で笑いかけてくれた。彼女たちが通り過ぎると、今まで嗅いだこともないようないい匂いがした。

講堂を出た多くの新入生たちは、その勧誘をかいくぐるように正門に向かって歩いていく。でも僕は声をかけられることが嬉しくて、チラシを手渡してくれる一人ひとりに立ち止まって礼を言ってそれを受け取った。

僕は受け取ったすべてのチラシが折れないように大切にカバンにしまって、それを胸に抱えるようにしてアパートに帰った。そしてそれを1枚ずつ見比べた。だいたいのチラシには同じようなことが書いてあったけど、それでも僕は未来が少しだけ開けたような気持ちになって、自然と笑みがこぼれた。そのすべてのサークルに、僕は入ることができるのだ。そのチラシの束は僕にとって未来へのパスポートのように輝いて見えた。もしかしたら僕はこの新しい生活を楽しむことができるのかもしれない。アパートの部屋の畳に寝っころがって、僕は天井に向かってひとりガッツポーズをした。

しかし勇気を出して入ったサークルでも、僕は1カ月で過去と同じ扱いになった。そこはオールラウンドサークルという、テニスを中心に活動するサークルだった。

熱心に勧誘してくれた2年生の高田《たかだ》先輩も、最初はいろいろ話しかけてきてくれた多くの先輩や同級生も、いつのまにか誰も僕のことを相手にしなくなっていた。学食で会っても誰も僕に話しかけてこないし、授業が終わって一緒に行動する相手もいなくなった。

そうやって僕はまた存在を認識されなくなっていった。言うまでもなくそれは僕にとって辛い現実だ。でもその頃の僕はもう諦めるということを知っていた。自分に対して期待しすぎても、いいことなんてなにもないのだ。もちろん世の中に対しても。

7月のある土曜日の午後だった。サークルの活動にもまったく顔を出さなくなった僕は、時間を持て余して、ぼんやりと駅のベンチに座っていた。ロータリーでゴミ拾いをしている女性がいたので、僕はなんの気なしに立ち上がって、自分が座っているベンチに置き去りになっていた空き缶を彼女が持っているポリ袋の中に捨てた。自分のゴミを捨てるついでだった。

「ありがとうございます」

ゴミを拾っていた彼女はその手を休めると、満面の笑みでまっすぐに僕のことを見た。そしてまたすぐにゴミ拾いに戻っていった。たったそれだけのことでも、僕は自分のことを彼女に肯定してもらったような気がして嬉しかった。僕はベンチに座ったまま、しばらく彼女がゴミを拾っているのを眺めてからアパートに帰った。その日は眠るまでずっと彼女のことが頭から離れなかった。

翌日も同じ場所に行ってみると、彼女は昨日と同じように駅前のロータリーでひとりゴミ拾いをしていた。僕は立ち上がってその辺に捨てられていた空き缶を拾うと、昨日と同じように彼女のゴミ袋に入れた。改めて見回すまで気づかなかったけど、ゴミはけっこういろいろな場所に捨てられていた。僕は勇気を持って彼女に話しかけてみた。

「あの、ど、ど、どうしてゴミなんてひ、拾ってるんですか?」

「あっ、ありがとうございます。昨日もお手伝いしてくださいましたよね」

彼女は僕に気がつくと、昨日と同じように顔をくしゃっとさせて笑った。とてもチャーミングな笑顔だった。笑わなくても彼女はとても整った顔立ちをしていた。化粧はほとんどしていないようだったが、ぱっちりとした二重の大きな目とすっと伸びた鼻筋。彼女が笑うと、世界が少しだけいい方に動き出すような気さえした。それはまるでこの世界の悪いことをひとつも見たことがないような笑顔だ。なにより嬉しかったのは、昨日僕がしたことを彼女が覚えていてくれたことだった。

彼女は清潔な白いシャツに紺のスカート、足元は白いスニーカーを履いていた。なんの特徴もない地味な格好だったけど、それでも彼女は圧倒的に美しかった。彼女の前に立つと、彼女の髪から花のようなシャンプーの香りがした。それは大学のサークルの女子からする香水の匂いとはまた違った、爽やかないい匂いだった。

「叡智の船」の本部施設は、駅から商店街を抜けて少し歩いた場所の国道沿いにあった。門には金色の文字で大きく楷書体で「叡智の船」と書かれている。

その公民館のような玄関を入ると、体育館を思わせる広い空間があり、正面には大きく「地球との融合」と墨字で書かれた大層な横断幕のようなものが掲げられていた。

「わたしたちは地球との融合を目指しています。わたしたちがゴミを拾っているのは、それが地球との融合に近づくいちばん日常的な行為だからなんです。わたしたちは地球を疎かにしすぎてきました。小さなところで言えば、公共施設のゴミがそうです。駅のトイレに空き缶やペットボトルが置き去りにされたり、花火大会のあとに大量のゴミが残されていたりするのを見たことがありますよね？　最近ではハロウィンの翌日なんて本当に酷いものです。でもあの人たちの部屋にあんなふうにゴミが置きっぱなしだと思いますか？　たぶんとてもきれいな部屋に住んでいます。そこが自分の陣地の外だと、人はそういうことをするんです」

体育館のような部屋を出て、学校を思わせる深緑色の床の階段を上がっているあいだに、彼女は僕にそう説明してくれた。彼女の履いた飾り気のない白いスニーカーのゴムのソールが立てるキュッキュという音が、僕に懐かしい気持ちを呼び起こした。彼女のふくらはぎはびっくりするくらい白くて、足首は両手で握れば折れそうなくらい細かった。

階段の踊り場で、上下とも真っ白い服を着た同世代の人たちとすれ違う。みんな気持ちよく僕と彼女に挨拶をして通り過ぎていった。

「じゃ、じゃあ、お、大きなところは？」

僕は質問してみる。彼女は即答する。

「たとえば原発、米軍基地の問題。そういう国がコントロールしていることです。数え上げればキリがありません。地球単位で考えれば、絶対にあり得ない話です。原発を推進している人は原子炉には近づきませんし、沖縄の基地に賛成している人は、沖縄には住んでいないでしょう？」

「ここは政治団体なんですか？　宗教団体なんですか？」

僕の質問には答えず、彼女は続ける。最初からそんな質問なんて存在しなかったかのように、その声は宙にかき消えた。

窓の外では短い夏に対して抗議でもするかのように、蟬が大合唱を続けていた。窓際に置かれたあちこちでよく見かける紫色の花の鉢植えは、直射日光を浴びて今にも弱音を吐き出しそうに見えた。どこからどう見ても夏だった。

「すべてはわたしたちが『陣地』という意識を持っているからです。陣地の意識を取り去れば、わたしたちはみな等しく地球に住んでいます」

「陣地の意識？」

「そうです。わたしたちが陣地を作るから、争いが起こります。戦争も宗教論争もすべて、原因は陣地の意識です。でもわたしたち『叡智の船』には陣地の意識はありません。そういう意味ではわたしたちはほかの宗教団体とは違います。わたしたちはほかを排除するようなことはありません。わたしたちはただひたすらお上の方の指示どおりに活動しているだけです。わたしたちのお上の方は、地球からの声を聴くことができます。そして、残念ながら地球はもう手遅れです」

「手遅れ？」

「はい。だからわたしたちはこうしてすべての時間を地球との融合のために費やしています。2030年に、地球はなんらかの形で滅びると、お上の方はおっしゃっています。そしてそのときに叡智の船がやってきます。お上の方と一緒にいれば、わたしたちはその船に乗ることができるのです」

「……船？」

「はい。それが本当の船なのか、比喩的な意味での船なのか、それは誰もわかりません。おそらくそれは比喩的な意味合いのものだと思いますが、その船でしかわたしたちが救われないことは確かです。お上の方はそう断言しておられます」

「あの、そ、そ、そのお上の方というのは、だ誰のことですか？」

「お上の方はお上の方です」

そう言うと彼女はまた顔をくしゃっとさせて笑った。世界がひっくり返るような笑顔だった。

「その叡智の船に乗ることができる人と、のっのっ乗ることができない人が出たら、そこに陣地の意識がう、生まれるのではないでしょうか？」

ある程度の予想はしていたけれど、僕の質問はまた空気の中に消えた。

毎月の給料日近くに残っている金額はほとんど変わらなかった。だいたい給料の手取りの2分の1くらいだ。その残った現金を施設に持っていき、お布施をするのがいちばんの徳になると言われていた。地球との融合を疎かにすればするほど、お上の方との距離は離れていく。

でも、ときどき帰り道に、駅前の東龍という中華料理屋で食べるラーメンと餃子の味は格別だった。僕はそれを我慢できない自分を呪った。そうしてラーメンを食べた日の帰り道は、どこかでお上の方に見られているような気分になって、いつも後ろめたい気分に苛《さいな》まれた。

週末に施設に赴いて、出家の信者と一緒になって、ビラ配り用のビラや原発反対のデモの準備をすることも、徳につながると言われていた。とにかく徳を積み重ねること。お上の方の言うことを忠実に守ること。そこにははっきりとした指標があり、方向性があり、未来があった。それは僕にとってはなによりも楽なことだった。同じ施設の人と同じ方向に向かっているという連帯感も、僕には初めてのことだった。僕は生まれて初めて自分の居場所を見つけたような気がしていた。ここでは誰も僕のことをカエルと呼んで蔑《さげす》んだりしないし、目つきが悪いと非難されたりもしない。存在を無視されたりすることもなかった。僕は認識してもらっているだけで、とにかく嬉しかった。

叡智の船のことを教えてくれた宮村徳子《みやむらとくこ》と僕は同い年だった。徳子という冗談みたいな名前が彼女の本名だった。出会った当時の彼女は短大に入学したばかりだったけれど、その短大を卒業して僕より2年早く社会人になり、徳を高めるために毎月の収入の半分を施設に納めていた。彼女も在家の信者だった。

大学を卒業した僕は隣町にある産廃業者に就職し、ゴミ処理の仕事に就いた。そして毎月給料をもらうようになり、やっと一人前にお布施を納められるようになった。

僕らは会社が終わると駅で待ち合わせて施設に立ち寄り、出家の信者と一緒にビラ制作を手伝ったり、週末のゴミ拾いの準備をしたりした。僕にとって彼女は初めての友達だった。就職はしたものの、あいかわらず僕は会社でただひとりの友達もできず、仕事の会話を除いて誰かと口をきく機会もほとんどなく過ごした。

施設での活動を終えて宮村徳子と駅まで一緒に歩ける日は、駅までの10分あまりの道のりが本当に短かく感じた。僕は彼女と少しでも一緒にいたくて、いつもお茶や夕ごはんに誘いたいと思ったけど、おそらくそういうことを嫌うであろう宮村徳子に断られるのが怖くて言い出せなかった。なにしろそれは徳から離れていく行為なのだ。

「じゃ、香田くん、また明日ね」

駅に着くと、彼女はいつもあっけなく帰っていった。

「う、うん。ま、また明日」

彼女を乗せた電車が先に反対の方向に行ってしまうと、僕はいつもどうしようもない気持ちになって、胸が苦しくなった。家に帰って彼女はどうしているのだろう。きっと僕と同じように質素な生活をしているに違いない。僕は彼女がひとりで僕と同じように納豆をかけたごはんを食べているところを想像して、なぜだか哀しい気持ちになった。そしてそれは間違っていることのようにも思えた。

たぶん僕は彼女のことが好きなのだ。誰かを好きになったことがない僕には、それが恋なのかどうかもわからなかった。でも誰か特定の人を愛するということは、その人の陣地に乗り込むことだ。陣地の意識。それは地球との融合がまた遠くなることを意味している。

ある日の夕方、宮村徳子と別れて電車に乗り、僕が住んでいる町の小さな駅の改札を出るときに、同じアパートの小田島さんとばったり会った。

僕らが暮らしている「ハイツひなげし」という名前のアパートは、1階に5部屋、2階に5部屋の合計10部屋しかなくて、僕は2階のいちばん奥の10号室、小田島さんは隣の隣の8号室に住んでいた。そのアパートは洗濯機置場が廊下にあったので、朝起きて洗濯機をまわしていると、小田島さんとよく一緒になった。

小田島さんは、施設以外では僕が唯一ふつうに話せる相手だった。僕は初対面の人とはほとんど話すことができないくらいの人見知りだし、そもそも僕はびくびくした気持ちが行動や顔にも表れてしまうから、人から話しかけられたりすることがほとんどない。

そのうえ僕は緊張するとすぐに吃《ども》ってしまい、他人とうまく会話ができなかった。

でも小田島さんは初めて会ったときから僕に親しく話しかけてくれた。施設の中以外では、小田島さんだけが僕の存在を認識してくれた人だった。僕は一瞬で小田島さんのことが好きになった。


「おっ、香田さん、今帰りですか?」

「はい。小田島さんも?」

「暑いですね。夕方になっても気温が下がりません」

僕らは改札を出ると、並んでアパートまでの道を歩き出した。駅と家のちょうど中間くらいにあるコンビニの前で、小田島さんが立ち止まって言う。

「香田さん、こう暑い日は夕飯の前にビールですね。どうですか、アパートの前の公園でいっぱい夕涼み」

ビールなんて贅沢はちょっと気が引けたけど、小田島さんには付き合いの悪いやつだと思われたくないし、僕はそれに同意した。小田島さん以外の人だったらもちろん断っていたと思う。そもそも誰かがそんなふうに僕を誘うなんてことはないこともわかっているけれど、たとえばの話だ。

それに僕の頭の中には、さっきホームで別れた宮村徳子の残像と、消化しきれない彼女への思いが残っていて、すぐに部屋に帰る気にはなれなかった。

「公園に猫がいましてね、その子たちに毎日これをあげてるんですよ。ビール飲むついでに」

そう言って小田島さんは食べきりサイズのキャットフードと500ミリリットル缶のビールをレジに持っていき、僕の分も払ってくれた。

コンビニを出てからアパートまで、僕と小田島さんは並びながら歩いた。夕方になっても昼間のような暑さは続いていて、体中から吹き出る汗が止まらなかった。いくつかの細い路地を抜けて近道をしながら、僕らは黙って歩き続けた。宮村徳子はもう家に着いただろうか。僕は暑さで腑抜けた頭で、部屋に帰ってシャワーを浴びる宮村徳子の裸を想像していた。

駅を離れるにつれてあたりは住宅街になって静かになる。ブロック塀の向こうの一軒家から、誰かがピアノの練習をしている音が聞こえた。それ以外は小田島さんが手に持ったコンビニの白い袋がたてるしゃらしゃらしゃらという音が、一定のリズムでしているだけだった。

公園に着くと、小田島さんはまっすぐベンチに向かった。僕はそのあとに続いてベンチに腰を下ろす。そこはアパートの前の小さな公園だった。もうずいぶん長くそのアパートに住んでいたけれど、その公園に足を踏み入れるのは初めてだった。僕と小田島さんはコンビニの袋からビールを出して乾杯した。

「労働のあとのビールは格別ですね。ビールを考えた人は天才です」

小田島さんはそう言うと、目を細めてうまそうにビールを飲んだ。

「小田島さん、小田島さんって、な、なんの仕事してるんですか？」
「わたしですか？　わたしは隣町の遊園地で働いています」
「遊園地？　隣町の、あの、ふ、古いやつ？」

「はい。あの古いやつです。香田さんは？」

「僕ですか？　ぼ、僕はゴミ処理の仕事をしています」

「そうですか。きっと重労働ですね」

「はい。でもなんでもよかったんです。遊園地の職員って、ぐ、ぐ具体的にどんなことをするんですか？」

「ヒーローショーの役者です。遊園地でよくやってるでしょう？　あの着ぐるみ着たやつ。わたしは毎日そのヒーローの着ぐるみを着てます。正義は勝つ、最後に悪は滅びる、毎回30分で決着がつきます」


それからはしばらくふたりで並んで、僕らは黙ったままビールを飲んだ。小田島さんはなにかを考えるように宙を眺め、僕は少し落ち着かない気持ちで小田島さんの次の言葉を待った。

車のほとんど通らない道を挟んでその向こうに、僕らの住んでいるアパートが見えた。でもそれはなんだか現実味を欠いていた。遠くから見るとそれはなにか別の目的で建てられた建物のように見えた。

ベンチの背中側の公園の奥は、フェンスを境に崖になっていた。その崖の眼下に小さな町並みが広がっていて、そこから遠くまで町が見渡せた。それはそれでなかなかいい景色だった。ちょうどその町並みの向こうに、オレンジ色の太陽が沈んでいこうとしているところだった。もうすぐ夜がやってくる。僕はビールをぐっと喉に流し込む。久しぶりに飲むビールは冷たくて本当においしかった。

小田島さんはトートバッグからプラスチックの皿を出すと、キャットフードの缶詰の蓋を開けた。その音に反応したかのように、どこからか3匹の猫が走ってやってきて、小田島さんを見上げると嬉しそうにみゃあと鳴いた。1匹の猫は、後ろの足が1本なかった。小田島さんは遅れてやってきたその3本足の猫にもきちんと餌を残していた。その猫が遅れて小田島さんの足元に辿り着くと頭を撫でてあげ、皿をその足元に置いた。3本足の猫も必死でその餌を食べはじめた。猫ががつがつと餌を食べる音のする脇で、僕と小田島さんは並んで座りながら、ぼんやりと宙を見つめ続けていた。

「小田島さん、正義ってなんですか?」

気がつくと無意識に言葉が口をついて出ていた。

「正義？　ヒーローショーの話ですか？」

小田島さんが僕の顔を見る。

「いや、はい。いや、あの、せ、正義です。せ、せ正義って必ず最後に勝つんですか？」

「いや、どうでしょうねえ？」

小田島さんは顔を空に向けて、天を仰ぐような形になる。

「僕は世の中に正義があるようには見えません。ろ、ろくでもない人がろ、ろくでもないことをして、いい思いをしてる。クソみたいなやつが、い、いい車に乗って、いい暮らしをしている。顔がいいだけで女にモテるやつがいるかと思えば、か、顔が悪くてお金のない人は人間としても扱われない。ニュースを見れば暴力が横行しているし、戦争だっていつもどこかで続いてる。そんな世界に、ちゃ、ちゃ、ちゃんとした正義なんてありますか？」

「ちゃんとした正義……」

「はい。正義です」

「うーん。どうでしょう。わたしにはよくわかりませんね」

小田島さんは遅れてやってきた別の猫にキャットフードを与えるために、トートバッグの中を探っていた。僕はそんな質問をしたことを激しく後悔していた。きっと小田島さんも僕のことを変なやつだと思っただろう。

「……でも正義なんて、もしかしたら本当はないのかもしれませんね」

小田島さんはキャットフードを一心不乱に食べ続ける3本足の猫の背中を撫でながら続ける。

「わたしも正義ってなんだろうって、ときどき考えますよ」

「本当ですか？　お、小田島さんも？」

その答えに反応して、自分の声が大きくなったのがわかった。

「はい。考えます」

小田島さんは顔を上げて僕の方を見ると、にっこり笑ってくれる。

「わたしは今年43歳になります。いまだに家賃5万円のアパートにひとりで住んでいます。そして毎日毎日遊園地でヒーローの着ぐるみをかぶって、こうして夕方のビールを楽しみに生きています。着ぐるみを脱いだら、このとおりうだつのあがらないただのおっさんです。車も持ってないし、女性にモテたこともありません。あ、でもね、ヒーローショーっていってもバカにできませんよ。僕らも本気でやってますから。小さい子どもが喜んで、隣にいる親もいつのまにか真剣に見入っているんですよ。大人もちゃーんと嬉しい顔をするんです。みんな懐かしがってくれます。だって誰だってみんな子どもだったんですから。ときどきカップルなんかも見に来ますよ。案外若い人たちも喜んでくれるんです。それで楽しそうに笑って帰っていってくれたりすると、わたしはそれがやっぱりいちばん嬉しいんですよね。まあそれが作り物だって誰だって知ってるし、バカにされることだってそりゃありますよ。でもわたしはこの仕事が好きなんですよね。

誰かが笑った顔を見るのが好きなんです。昔は役者になりたかったんです。小さな劇団に入っていたこともありました。同級生じゃ起業して社長になったやつもいるし、テレビに出ているような役者仲間もいます。もう誰とも連絡を取ったりはしていませんけど、みんないろいろな道に進みました。でもね、わたしの今の仕事だってじゅうぶん役者です。自分の正義って言えるほどのものじゃないかもしれないけど、ヒーローショーの役者も立派な役者です。わたしはそれに誇りを持っています。そういう意味ではもしかしたらわたしは毎日ヒーローの着ぐるみを着ながら、その現実に引っ張られるようにして、無意識に自分が正義だと思うことをやってきたんだと思います。意地もあったかもしれませんね。でも、今はわかります。すべて結果論です」

小田島さんはそこで言葉を止める。僕は話の続きを待つ。

「でもね、香田さん」

「……はい」

「もうこの年になるとそれが正義だったか悪だったかなんて、どうでもよくなってきました。そこにあったのは正義か悪かとかじゃなくて、ただの選択だったんじゃないかって。もちろん、そう思えるまでにだいぶ時間がかかりましたけどね」

「選択？」

「そうです。選択です。自分の頭で考えて、自分で選び、自分で決める。すべてはそれだけです。みんなそうやって生きてる。それが集まって世界ができている。お金を持っている人も、ズルをしている人もです。そこには正義も悪も、本当はないんじゃないでしょうか」

小田島さんの言葉には不思議な説得力がある。そのとおりかもしれない。でも、それでは僕が信じていることを否定することにもなる。頭の中に宮村徳子の笑った顔が浮かぶ。

「…………でも、地球は滅びますよ。２０３０年に。人は好き勝手に悪を重ねすぎたんです。そしてその地球上の悪の総量を、地球が引き受けられるのは２０３０年が限界なんです」

「2030年……。そうですか、わたしは……55歳か」

「バカにしないんですか？　僕のこと」

「バカにする？　香田さんのことを？　どうしてですか？」

小田島さんは本当にびっくりしたように目を見開いて僕の顔を見る。

「地球が滅びるとか、変なこと急に言い出すから。こういうこと言うとたいていの人は僕のこと汚いものでも見るような目で見ます。せ、正義とか悪とか、そういう面倒なことを言うから、ぼ、ぼ、僕には友達もいません」

「バカにしませんよ。そんな重大な秘密を教えてくれてありがとうございます。でも2030年に地球が滅びるのをなんとか回避する方法はないんですかね？　できればもう少し違う死に方がしたいです」

「……どうでしょうか」

「叡智の船に乗れば、それから逃れることができる」。僕はそう言いたかったが、小田島さんの顔を見ていたらなにも言えなくなってしまった。自分が信じていることと、その外側にある世界とのギャップ。それは叡智の船に入会してからずっと自分が常に苦しんできたことだった。考えれば考えるほどわからなくなり、そのたびにおまじないを唱えるように信じてきた、お上の方の教えが頭をよぎる。自分はお上の方を信じるしかないのだ。ひとりで質素な夕ごはんを食べている宮村徳子の顔がまた浮かんだ。目を閉じて奥歯を噛み締めて、僕はこみ上げてくるその迷いの感情の嵐が過ぎ去るのを待つ。

「香田さん」

顔を上げると小田島さんが穏やかな顔をして僕のことを見ていた。

「……はい。なんでしょうか」

僕は答える。

「2030年に、香田さんは何歳ですか?」

「35歳です」

僕は即答する。頭の中で何度もシミュレーションした35歳の自分のことを考える。なにがあろうとも、お上の方を信じるしかないのだ。小田島さんはうまそうにビールを飲みながら猫の背中を撫で、ぼんやりと宙を見つめている。夕方の太陽が僕らの背中の町の向こうに沈んでいこうとしている。

「2031年とかに……」

「2031年?」

「はい。そうです。2031年に、56歳のわたしと36歳の香田さんがばったり今日みたいにどこかの駅の改札で会って、再会を喜びながら中華料理屋にでも一緒に入って、冷たいビールなんか飲めたらいいですね。ラーメンと餃子を食べながら。地球がもう少しだけ頑張ってくれて、そんなことがあったらいいですね」

「ど、どうして……？」

「どうしてって、わたしたちは友達じゃないですか。今だってこうして一緒にビールを飲んでる。ここにラーメンと餃子があってもおかしくないでしょう。ラーメン食べながら話すんです。地球は滅びませんでしたね。あのとき住んでいたハイツひなげしってアパートはまだありますかね？　ときどき廊下で洗濯機をまわしながら話しましたよね。そうそう、目の前の公園で一緒にビールを飲みましたっけ、なんてね」

「友達……」

誰かがスイッチを入れたみたいに、両方の目から涙が溢れ出した。

泣くのは本当に久しぶりだった。でもその涙は、流れていることさえ忘れてしまうほど次から次へと溢れ出して、僕の頬をぐっしょりと濡らし、地面の土までも黒く濡らしはじめた。山頂の湧き水が地層を通過して山肌からこんこんと湧き出るように、それはとめどなく流れ続けていた。いったい僕の体のどこにそんな量の涙が隠れていたのか。

そして僕は気づく。僕はずっと泣きたかったのだ。僕は、涙を流すことを求めていた。

そうだ。今までずっと僕は泣けなかった。

小田島さんは泣いている僕の顔を見て、なにも言わずに笑う。小田島さんの顔を西日が照らして、小田島さんがオレンジ色に染まっている。

ハイツひなげしの前に宅配便の車が停まる。それを見て小田島さんがなにかを思い出したように急に立ち上がった。

「あ、あれはきっとわたしの荷物だ。香田さん、ちょっと待っていてください。荷物受け取ってきます。着払いなんです、あれ」

「はい」

僕はぼろぼろと涙を流したまま返事をする。

「ネットオークションでレコードを落札したんです。ボブ・ディランの１９６７年のアルバムの初回プレス盤が１８００円ですよ。まったくいい時代になりました。信じられませんよ。いいんですかね？　こんな便利な世の中で。最高ですよ」
そう言うと小田島さんは飲みかけのビールの缶をベンチに置いて走り出す。猫が驚いたように目を覚まし、小田島さんを見上げる。僕は小田島さんが走る背中を見る。小田島さんは途中で石に躓《つまず》いて転びそうになったけれど、体勢を立て直して不恰好な姿勢のまままた走り出す。

「……2031年」

僕は声に出してみる。

町の外れの小さな公園に、今日もいつもと変わらない夜がやってこようとしていた。

4話

3号室 矢野《やの》 恭平《きょうへい》 （21歳 大学生）

日給8000円、夜勤給1万2000円。それが俺が登録しているシモジマの日雇いバイトの金額だ。夕方5時までに池袋にあるシモジマの事務所に行くと、翌日日雇いとして働ける現場の求人が壁にずらっと貼ってある。シモジマのアルバイトは、身分証明書があって体が健康なら誰でも登録できる。登録さえしていれば、働きたいときだけ働けばいいという気楽さもよかった。仕事が終わったらその日働いた現場の責任者に証明の印鑑を押してもらって、それをシモジマの事務所に持って帰れば、その場でニコニコ現金払いで金がもらえるという気楽なシステムだった。

引っ越し業者の引っ越し作業補助。道路の交通量調査。工事現場のアシスタント。ケーキ工場の製造補助（クリスマス前にベルトコンベアに載って流れてくるホールケーキの上にサンタクロースの飾りをひたすら置いていく仕事だった）。東京中のさまざまな場所で短期的に人の足りない現場があり、それらの企業はシモジマを経由して人を派遣してもらう。企業はシモジマにひとりあたり、昼間1万5000円、夜間2万円を支払っているという噂だ。だとしたらぼったくりもいいところだと思うけど、まあ文句は言えない。俺たちだってシモジマを便利に使わせてもらっているのだ。

だいたい短期的な働き手がほしい現場は、複数の働き手を募集していた。「スーパーでのコーヒーの試飲販売補助（王子駅／3名）」「イベント後の百貨店館内施設解体時の什《じゅう》器《き》搬出作業（新宿駅／10名）」、そんな具合だ。

日雇いバイトだから、人間関係みたいなものは自分から作ろうとしなければ避けて通れる。1日黙って過ごせばいいだけ。そもそもそういうことは求められてはいない。ただ仕事として要求されたことにしっかりと応えるだけだ。シンプルでいい。黙っていれば同じ現場の人間と二度目に会うことなんてほとんどないのだから。

それでもたまに同じ現場のやつが、帰りに「飯でも食おう」とか言い出したり、ふたりセットで交差点の隅で座って、ひたすら人の数を数える交通量調査とかは、なにか話をしていないと間が持てなかったりするから、ときどきそういう面倒な人間関係が発生することもあった。だから俺はたいがい「1名」という募集の現場を探してアルバイトをしていた。

7月になり、大学は夏休みに入った。夏休みといってもやることのない俺は、毎日シモジマに出かけては適当な現場を探してアルバイトをしていた。別に金がほしかったわけじゃない。他にやることがなかったからだ。

今年は例年以上に暑い夏になりそうだった。梅雨明けが早く、梅雨が明けたとたん湿気が多くて30度を超える真夏日が続いている。ときどき気温が体温以上になる日もあって、そういう日は風が吹かないと息苦しいくらいだった。

雑居ビルの1室にあるシモジマの事務所も、夏休みらしく学生たちでいつも以上に賑わっていた。

受付に座っているシモジマで唯一の美人の池田《いけだ》さんは俺のことを覚えていて、俺がカウンターに行くと「矢野君、今日もひとり現場集めといたわよ」と言ってファイルの束を取り出して見せてくれるようになった。ひとり現場で働きたがるやつはほとんどいないらしくて、俺はその点でシモジマから重宝がられているようだった。でも俺にはひとりで働くのが嫌なやつの気持ちを理解する方が難しかった。まあそのことに異議を申し立てるつもりももちろんまったくない。みんながつるんで働きたいのなら、それは俺にとっては好都合だ。

実際夏休みは、海に行くだの旅行に行くだの、短期の金ほしさに仲間同士でワイワイ働く連中が増える。そしてたいがいそういうやつらは現場でもちゃんと働かなくて、仕事の発注元からのクレームになりやすい。まったくいい迷惑だ。

俺は複数だろうがひとりだろうが、どの現場でも黙々と働いたし、人が嫌がるようなことも率先してやった。偉そうなことを言うつもりなんてこれっぽっちもないけど、俺はそれがふつうのことだと思っている。金をもらってるんだ。よけいなことをしている暇なんてない。それに手を抜いても本気でやっても、働く時間は変わらない。それならその時間は一生懸命やった方が、頼む方も頼まれる方も気持ちがいいだろう。

必然的にシモジマからも、シモジマに人材の発注をかけている企業からも、俺の評判は日増しに良くなっていった。このあいだ行った埼玉の建築現場では、このままウチで正社員として働かないかと誘われたりもした。現場の棟梁は仕事のあとに俺に缶コーヒーを奢《おご》ってくれて「お前は力もあるし動きもいい。自分の頭でものも考えられる。将来いい鳶《とび》になれるぞ」と言ってくれた。

でもそれはシモジマの規定に反していたし、そもそも俺は社員として働く気なんてなかったから、その誘いをていねいに断った。

今日向かっているのは、「草むしり（たまプラーザ駅／1名）」という現場だ。シモジマに登録して長く働いているけど、草むしりというのは初めてだった。だいたい自分の家の庭の草をむしるのに人を雇うなんていう考え方があるということに驚いたし、それに対する興味もあった。発注元は企業ではなく、どうやら個人のようだった。

そういうわけで俺はこのクソ暑い夏の日の朝早くから、東急田園都市線に乗って、たまプラーザという行ったこともない変な名前の駅を目指していた。

俺の住んでいる東京の外れの町の駅と比べたら、同じ電車の駅とはおおよそ思えないような近未来的なサークル状の造りをした改札を抜けて、そこに設置されている地図を見る。駅には大きなショッピングモールが併設されていた。降りる人もあきらかに人種が違っていた。そこは小さな子どもを乗せたバギーを押している若奥様がやたらと目立つ町だった。

たまプラーザは金持ちの住む場所のようで、俺が住んでいる「ハイツひなげし」のようなボロアパートなんてどこにもなさそうだった。駅を降りると整然とした町並みがアーチ状に広がっている。そもそもこの町にはアパートという概念がなさそうだった。ここに住んでいる人は、もしかしたらアパートなんて言葉すら聞いたこともないんじゃないか。だいたいは一戸建ての住宅で、ときどき見かけるマンションも、仰々しいエントランスなんかがついていていてどれもとても高級そうだった。このマンションの入口にある城のような門に、いったいどれだけの意味があるのか。

ひるんでいても仕方がないので、俺はシモジマでもらった地図を頼りに歩き出した。

今日も暑い日になりそうだった。外を歩いている人はほとんどいなかった。駅から坂道を上っていくつかの曲がり角を曲がる。歩道も車道も広くて、走っている車も、家の車庫やガレージに停められている車も、嫌味みたいに大きかった。そしてたいていの車が今しがた納車されたばかりのように黒光りしてぴかぴかだ。その黒さとコントラストをなすように、どの家も真っ白だった。これだけでかい家だったら草むしりも大変だろう。目に入る家のほとんどの庭には芝生があり、だいたいの家には退屈そうに寝転んでいるでかい犬がいた。

目的の家は大通りから道を1本入った細い坂道のどん詰まりにあった。背後には森のような大きな緑地が広がっている。外壁は昨日の夜に降った新しい雪のように真っ白で、どうやらまだできたての家みたいだった。庭にはけっこうな広さの芝生と、見たこともないような花が咲いていた。大きなサルスベリの木が2本あって、それが庭の日よけになっていた。俺は花の名前なんてぜんぜん知らないけど、田舎のばあちゃんが実家の庭にあるサルスベリのことをとても大事にしていたから、この花の名前だけは覚えていた。

でも不思議なことに、そのサルスベリの大きな木が庭にあるだけで、なんだか俺の中でこの家の好感度が上がったみたいだった。

仰々しい蔦《つた》の絡まった白いアーチの門に付いたインターフォンを押すと、思ったより若い女の声が返ってきた。

「こんにちは。人材派遣会社シモジマから参りました矢野といいます」

玄関が開くと女性が立っていた。おそらく30代。でももしかしたら40を超えているかもしれない。彼女は部屋着にしてはたいそう高価そうな素材の品のいい白いワンピースを着て、髪をひとつにまとめていた。ワンピースの裾から見える白い足が無防備でどうにも色っぽく、俺はどうしても足に目がいってしまうのを気づかれないようにするのに苦労する。化粧は薄く、それでも彼女が美人なのは疑いようのないことだった。ぽってりとした厚い唇は少しだけ開いていて、どことなく気怠《けだる》そうな雰囲気がより艶やかな印象を醸し出していた。金持ちの女がつけがちな品の悪い香水の匂いもしなかった。むしろ彼女からは、女子高生みたいな爽やかな匂いがした。いろいろなことが少しずつアンバランスで、それが彼女をより年齢不詳に見せていた。

彼女はなにも言わずに俺のことをじっと見つめていた。もしかしたらびっくりしていたのかもしれない。俺は下北沢で買ったモトリー・クルーの古着のTシャツに、ぼろぼろのリーバイスのジーンズ、ナイキのスニーカーというういでたちだった。いわばいつもどおりのスタイル。でもたぶん彼女はこの世にヘヴィメタルなんて音楽が存在することなんて知らないんじゃないかと思うし、下北沢駅に降りたことさえないかもしれない。

でも若くしてこんなでかい家に住んでいるって、どんな気分だろう。家賃5万円の俺のアパートに来たら、この人はどんな反応をするだろう。たぶんあの部屋のことをなにかの倉庫と勘違いするんじゃないかと思う。俺は瞬時にそんなことを考える。ありえないことだけど、彼女が俺の部屋にいることを想像する。でも6畳の畳の部屋にこのワンピースはあまりに不釣り合いだった。

「お茶でも飲む?」

彼女が最初に発した言葉はそれだった。落ち着いていて低い声だった。その声を聞くと、彼女の年齢がまたわからなくなった。

「ありがとうございます。でも、このまま始めます。9時から5時までの契約で参りました。草むしり、どこから始めましょうか?」

「夕方の5時まで?」

「はい。5時までです」

「……そんなにむしる草があるかしら」

そう言って彼女は笑う。笑うと彼女はぐっと幼く見えた。

「なにかあったら大きな声で呼んで。わたしはあの部屋で本を読んでるから」

ビーチサンダルをつっかけて庭に出てきて（もちろん俺の目はその足に釘付けだ）、草むしりの場所を指示してくれたあと、彼女は1階の庭に面した部屋の窓ガラスを目で示して言うと、玄関の方に戻っていった。確かにそれは5時間もあれば終わりそうだった。

玄関の前で立ち止まると、彼女はなにかを考えるように立ち止まった。そうしておもむろに振り返ると言った。

「ねえ、今日は暑いわ。草むしりをするには」

「はい。暑いです。夏ですから」

俺がそう答えると彼女は少しだけ微笑む。笑うと彼女の右の頬にえくぼができた。

「じゃあ始めます。暑いですけど慣れてるから大丈夫です。これが仕事ですから」

「……そう。冷たいものが飲みたくなったら呼んで」

「はい。ありがとうございます。水筒を持ってきているから大丈夫です。なにか問題があったらお声がけします」

彼女は口を尖らせて考えるようにしてからまた少しだけ微笑む。彼女が家の中に消えて玄関のドアが閉まる。

蝉が大声で鳴いていた。どこからどう見ても、どの角度から見ても夏だった。俺はさっそく庭の端にしゃがみ込んで、芝生の草をむしりはじめる。レッドソックスのキャップのつばのひさしから汗がしたたり、あっという間にTシャツは水の中に飛び込んだようにびっしょりと濡れた。どれだけ水を飲んでも尿意がやってこなかった。ぜんぶ汗になって体から出ていってしまうのだ。

小さい頃、夏になるとばあちゃんとよくこうやって庭の草をむしった。俺は群馬の田舎で生まれて、18までそこで育った。ど田舎だった家のまわりは土地なんてタダみたいなもんだから、俺の家はこの家よりでかい敷地に、公園みたいにでかい芝生の庭があった。

友達とワイワイ騒ぐのがあまり得意じゃなくて、夏休みになっても部屋でプラモデルを作ることしかやることがなかった俺は、母親に「勉強しろ」とか「外に遊びに行け」とか、いちいち指示されるのが嫌で、庭で草むしりをするのが趣味だったばあちゃんの手伝いをしてお茶を濁していた。ばあちゃんは俺にうるさいことをなにひとつ言わずに、ひとりっ子の俺のことをいつも黙って受け入れてくれた。ふたりで並んで草むしりをしているときも、いつも今日みたいに蟬がけたたましく鳴いていた。


「今日もプラモデルをこしらえていたのかい？」

「うん」

「恭平はプラモデルが好きだねえ。今日はなにをこしらえてたんだい？」

「シャアが乗っているゲルググだよ。今回のはうまくできそうだよ」

「そうかい。そりゃよかったね」

「うん。ばあちゃんにこのあいだもらった小遣いで買った赤いプラカラーで塗ったんだ。いい感じだよ」

「恭平は集中力があっていい子だね。集中力というものはね、なんにせよ大事なことだからね。ひとりで集中できるっていうことは、恭平のいいところなんだよ」

家でひとりでプラモデルを作っている俺のことを「集中力がある」という言い方で褒

めてくれたのはばあちゃんだけだった。今でも俺は自分が他人よりなにか優れていることがあるとしたら、集中力だけだと思う。

ばあちゃんは毎日どこかしら庭をいじっていて、俺の部屋の窓からは、いつも庭にいるばあちゃんが見えた。俺はプラモ作りに疲れると、頭に手ぬぐいを巻いて、腰を曲げて草をむしるばあちゃんの姿を窓の外にぼんやりと見て過ごした。

本当に暑い日だった。どうやら今日が夏のど真ん中みたいだ。集中していると蟬の鳴き声さえも聞こえなくなった。世界からすべての音が消えたみたいに静かだった。勉強も運動もすべてぱっとしないまま大人になった俺だけど、ばあちゃんが褒めてくれたこの集中力だけは大事にしないといけない。俺は黙々と草をむしり続けた。

金を貯めてどうしたいとかはあんまりなくて、ただただ俺はなんにも考えずに体を動かしていたかった。ときどきばあちゃんのことや昔のことを思い出す以外は、なんにも考えなかった。

「……ねえ」

女が呼んでいる声に、俺はしばらく気がつかなかった。

「ねえ、ねえってば」

「あっ、はい？」

振り向くと1階のリビングの縁側のようになった場所に女が座っていた。

「……ずいぶんちゃんと働くのね」

「仕事ですから」

俺は立ち上がると、Tシャツの裾で顔の汗を拭いて言う。気がつくと汗は滝のように顎《あご》を伝い、地面にぽたぽたとしたたっていた。彼女はグラスに入った冷たい麦茶を持っている。持ってきてくれたのが麦茶で俺はなんだか嬉しくなる。こういう家にも麦茶みたいな庶民的な飲み物があるのだ。彼女は無言で氷の入ったグラスを俺に手渡した。

「ありがとうございます」

俺は一気にそれを飲み干す。冷たい麦茶が喉を通り抜けて、まるで生き返ったみたいな気分になる。


「仕事っていっても、あなたは日雇いのアルバイトなんでしょ？」

「日雇いでも仕事は仕事です」

「なんでバイトしてるの？　お金がいるの？」

「ないよりある方がいいですけど、別に使い道があるわけでもありません。レコード買うくらいです。夏休みで暇だから働いてるだけです」

「彼女とかいないの？」

「好きな人はいます。でも好きなだけです。なかなか会えません」

「ふふ。いいね、純愛」

「そんなんじゃないです」


実際そんなドラマティックな話でもなんでもなかった。大学で同じサークルの山井麻衣《やまいまい》には、彼女の出身である福井県で働いている彼氏がいて、卒業したら結婚することになっていた。山井麻衣に初めて会ったときから、それはもう決まっていたことだった。

でもそんなのはただの順番の問題で、俺の方が山井麻衣を幸せにできるかもしれないじゃないか。心のどこかで俺はそう思っていた。順番なんてただの順番だ。それに俺は毎日のように彼女に会えるし、面と向かって話だってできる。そのうち彼女は俺のことを好きになってくれて、順番は逆転するかもしれない。彼女が遠くの彼よりも、いつも近くにいてくれる俺の方がいいと思うかもしれない。でもそのただの順番は、結局いつまで経っても順位の変わらない順番のまま、時間だけが過ぎていった。

いつのまにか俺は山井麻衣に宿命的に恋心を抱いていて、どうしようもない迷路のような場所に迷い込んでいた。

長い休みや年末年始以外その彼氏に会えない彼女は、思い出したように俺に連絡してきた。そして俺は呼び出されるたびにのこのこと出て行って彼女に会い、そのたびにどうしようもなく傷ついていた。彼女にとって俺は都合のいい友達でしかなかった。それでも俺は彼女とふたりきりで会えるのが嬉しくて、彼女から呼び出されるのをただただ待っていた。でもただ呼び出されるのを待っているだけの日々も、それはそれで胸が張り裂けるように苦しかった。だから俺は決まったバイトをしないで、シモジマで働いているようなものだった。明日も会えないなら、明日も働く。ただそれだけ。急に明後日会えると言われてもいいように、翌日の仕事しか予約ができないシモジマは都合が良かったのだ。

そもそも夏休みのあいだ、彼女はずっと実家のある福井に帰っていて東京にいなかったから、俺は毎日働くしかなかった。夏休みが来た瞬間に、彼女はそれを待っていたかのように（実際に待っていたのだ）福井に帰っていった。言うまでもなくそれは苦しい気持ちで、だから俺はその苦しみを忘れるために毎日のように働いた。その方が彼女のことを考える時間が少なくなる。黙って家にいたって、どうしようもないことを考えるだけだった。


麦茶を2杯だけ飲んで、俺はすぐに仕事に戻った。

蟬は相変わらずけたたましく鳴いていたものの、なんだか静かな午後だった。俺はただひたすら無心で草をむしり続けた。もう山井麻衣のことも、ばあちゃんのことも考えなかった。この先続く（山井麻衣のいない東京の）永遠のような夏休みのことも、その先にある自分の将来のことも、暑すぎてもうなんにも考えられなかった。滝のようにしたたる汗を見ながら、どうにでもなれと思った。21歳の俺が考えられることはせいぜい明日のことくらいまでだ。会いたいから会いたい人からの連絡を待つ。それのなにが悪い。

昼の1回の休憩を挟んで4時間半草むしりを続けた結果、庭にはもう雑草一本生えていなかった。少なくとも目に見える場所には青々とした芝生しか生えていない。草むしりとしては完璧に近いものだったと思う。俺は立ち上がって背中を伸ばすと、もういちど庭を見回した。なんにせよ、今日の仕事が終わるのはいい気分だ。それでもまだ2時だった。


「おつかれさま。ねえ、5時までいいのよね?」

「はい。契約上は5時までです。もちろん早く終わることもありますけど、それは依頼主の自由です」

「帰りたい? なにか予定でもあるの?」

「いえ、特には」

「じゃあ、5時までわたしとお話ししましょうよ」

「はい。……俺でよければ」

「ビールでも飲まない?」

彼女はリビングに俺を招き入れると、冷蔵庫からビールを出してきてくれた。

「はい。じゃあいただきます」
彼女は俺が草をむしっているあいだに、もうずいぶんビールを飲んでいるようだった。リビングのテーブルの上には空のビール缶が４本もあった。そもそもひとりでこんなでかい家にいて、明るいうちからビールを飲んで酔っぱらっているって、どんな暮らしなんだろうか。シモジマの規定では、仕事以外でクライアントとの個人的な飲食や金銭のやり取りをすることは禁止されていた。でも俺も疲れていたし、断るのも面倒だったから、もうどうでもいいやと思った。

俺はビールの缶をあけると一気にそれを半分くらい飲んだ。

「ねえ、あなたのそのややこしい恋の話を聞かせて」

女が言う。

「話すことなんてなにもないですよ。ただのどこにでもあるふつうの片思いです」
「どこにでもある片思いなんてどこにもないわ」
彼女はまた新しいビールの缶をあけ、それに直接口をつけて飲むと、いたずらっぽく笑った。頬のえくぼがチャーミングだった。

「黙るのは反則よ。だって5時までは仕事なんだもの」

彼女はどれだけ飲んでも顔色がまったく変わらなかった。目線が少しだけとろんと絡みつくようになった以外は、酔っぱらった様子もまったくない。俺は1本目の缶ビールを飲み干した。

彼女を前にしていると、どうにも山井麻衣のことを思い出して仕方がなかった。年齢も外見もぜんぜん違っていたけど、俺は息苦しいくらいに彼女に魅力を感じはじめていた。そして実際、彼女は聞き上手だった。自分のことはなにも話さないで、俺の話ばかりを聞きたがった。

そうして気づけばいつのまにか、俺は今まで人に話したことのないことを彼女に向かってぶつけるように話しはじめていた。ビールの酔いもあったかもしれない。

「……小さい頃から、俺は人と一緒にいるのが苦手でした。ひとりでいれば、誰のこともがっかりさせたりしないし、誰のことも傷つけない。がっかりするのも、傷つくのも自分だけですむ。そう思って生きてきました。好きなことは家でプラモデルを作ること。本を読むこと。寝ること。部活はなにもやってなかったし、いつも近所の公園に行ってひとりでスケートボードばっかりしていました。他人と一緒にするスポーツは嫌いだし、行かなくていいのなら学校にも行きたくなかった。別に人が嫌いなわけじゃないけど、人といるのが面倒だったんです。大学に入学してもいつもひとりで行動していました」

「……でも、恋はしたのね」

「はい。まあでもそれもきっとどこにでもあるような恋です。ふつうの。きっかけなんて本当になにもなくて、気づいたらこうなっていました。でも俺は本気で恋愛なんてしたことなかったから、ふつうと言っても俺にとってはだいぶややこしいものでした。俺は気づいたらその人のことばかり考えていました。だけどその人に嫌われることや、その人にがっかりされるのが怖くて、なんにもできないんです。でも矛盾するようですけど、その人には自分が考えていることや思っていること、今まで生きてきてずっと感じていた恐怖やら諦めやら、変な自意識みたいなもの、そういうわけのわからない今まで自分だけで処理してきた感情のことまでも知ってほしいって思いました。そのことを伝えたくて、話してみたくて、気づいたら俺の頭の中はその人でいっぱいになっていました。俺はそういうふうに他人になにかを求めないようにして生きてきたから、そんなことは初めてだったんです。初めてひとりでいることが寂しいと思いました。でも、そもそもその人には出会ったときからもう結婚を決めた相手がいたんです」

我ながら情けない話だった。こんなのはきっとどこにでもあるふつうの恋愛話だ。それなのに俺ときたら今日初めて会った女性に、こんな弱々しい話をペラペラとしている。情けないにもほどがある。本当は席を立って帰らなくちゃいけない。頭ではそう思っていても、どうにも体が動かなかった。

「そんなのは出会った順番じゃない。婚約していようが結婚していようが関係ないんじゃないかしら。その人のことを好きになったあなたの気持ちはふつうのことで、順番が遅かったから好きになっちゃいけないって決まりはあるのかしら」

女はビールを飲みながらひとり言のように言った。それは俺がずっと考えていたことだった。でも考えていることと、自分が取れる行動はずいぶん違う。今みたいに。

「その人の、どこが好きになったの？」

「……どうでしょうか。わかりません。うまく言えないんですけど、気づいたら俺がずっと他人に隠していた心のいちばん深いところを、一緒にいるとその人が探し出して優しく撫でてくれるような気がするんです。その生まれついての他人への想像力というか、育ってくる中で彼女が手に入れた世界へのまなざしというか、姿勢というか。うまい言葉が見つからないんですけど、とにかくあまり感じたことのない優しさなんです。俺は彼女に会って初めて自分が肯定されたような気がします。その人といると呼吸が深くなって、息が楽にできるんです。そんな人がいると思わなかったし、そういうことが自分に起こること自体、俺にはうまく信じられませんでした」

「まるで女神ね」

そう言って彼女は笑う。

「うらやましいわ。そんなふうに言われて。でもね、神様はこの世界にはいない」

「……神様はいない？」

「そう。すべての人にとっての神様なんてどこにもいないわ。その神は、別の誰かにとっては悪魔のこともある。だから人はそれぞれで別の人を好きになる。それは、『あなたにとって』その人が特に相性がいいってことよ。それはあなたの中のなにかが、彼女の中のなにかに反応している証拠。あなたは運がいいわ。その彼女に出会えたんだから。だからあなたは彼女のことを好きでい続けたらいいんじゃないかしら。その人のことを嫌いになるくらい」

「嫌いになるくらい好きでいる。……それって苦しくないですか」

「そうかもね。……じゃあその人が死んだらいいのかしら？」

俺は自分の手で山井麻衣の首を絞めることを想像する。彼女は俺に首を絞められながら笑っている。そしてその顔はいつのまにか目の前の女の顔に変わっている。それはこの現実から薄い膜を隔てた隣の現実で、実際にありそうなことに思えてくる。慌てて俺はその妄想をかき消す。俺はどんどん現実の世界から離れていくような不思議な感覚を覚えていた。それはあきらかにビールの酔いとは違うものだ。この現実感のない家から、現実の世界に戻らなくてはいけない。ばあちゃんが俺に言う。

「恭平は集中力があっていい子だね」

「もう1本ビール飲む?」

女の目つきがまた一段ととろんとしたものになっている。ワンピースの首元から見える鎖骨のあたりの肌がまばらにピンク色に染まっていて、ぽってりと厚く艶やかな唇が半開きになっていた。顔色はほとんど変わっていないけれど、さすがにこれだけ飲めば酔いだってまわるだろう。

「いや。もう帰ります」

「……そう。残念」

「ビールをごちそうさまでした」

これ以上ここにいたら、俺は本当にどうにかなってしまいそうだった。こんな話をしているあいだも、山井麻衣は誰かの腕の中にいるかもしれない。この部屋にいるとそんなことばかり考えてしまうのだ。

「ねえ、またあなたに草むしりを頼むには、どうしたらいいのかしら?」

「……シモジマに連絡してください。俺はシモジマに登録している、ただのアルバイトです」

「……そう」

「はい」

「またこの庭の草が伸びて、もしシモジマに電話したら、あなたはそれを探してくれるのかしら」

「それはわかりません。でもひとり現場はシモジマではあんまり人気がないから、もしかしたら」

「あなたが草むしりをしてるのをずっと見ていたの。あなたの仕事の仕方がとても好きだわ。ていねいで、淡々としていて。あなたには集中力があるわ」

「よかったです。ビールと麦茶を、ごちそうさまでした」

「うん。うまくいくといいわね、そのややこしい恋が」

彼女はとろんとした顔で笑う。笑うと彼女はやっぱり若く見えた。

「……そうですね」

俺も笑う。でもこの恋がそんなにうまくいかないことを俺はもう知っている。そしてもういちど彼女の顔を見る。彼女はぼんやりと俺の後ろの方を見ている。俺の後ろになにか見えるのだろうか。不思議な人だけど、たぶんこの人はただまっすぐに世界を見ているだけなんだと思う。そうして生きてきて、きっとこの真っ白い家に着いただけなのだ。

満員の東急線やら山手線を乗り継いで、自分の住んでいる町の駅の改札を出ると、いつもの喧噪《けんそう》が飛び込んでくる。八百屋があって、魚屋があって、腹巻きをしたおじさんが自転車で通り過ぎていく。この町唯一のスナックのいつもの客引きの青年が、会社帰りのオヤジたちに声をかけている。俺は自分の町に帰ってきた。そして俺はそういう景色の中に立って、心底ほっとしていた。俺にはこの町がぴったりだ。芝生の生えたでかい庭もいらなければ、真っ黒な車だっていらない。犬だって別に飼いたくない。

駅前の弁当屋で晩飯を買ってアパートの前まで来ると、公園のベンチでビールを飲みながら、猫に餌をあげている小田島さんが見える。小田島さんと俺はときどき駅とかで顔を合わせると、一緒に晩飯を食べたりする仲だった。そして小田島さんはそういうときはいつも俺に飯を奢ってくれた。20歳以上年の離れたいかした友達だ。

彼は毎日夕方になるとこの公園に来て、猫たちに飯をあげている。職業不明、でもいつもセンスのいいロックバンドのTシャツを着ている冴えないおじさん。40歳を過ぎても家賃5万円のアパートに住んで、黒塗りの車どころかたぶん自転車すら持ってない。そしてこの辺りの野良猫たちからめちゃくちゃ信頼されている。300円のロング缶のビールを誰よりうまそうに飲んでいる。最高じゃないか。

「小田島さん！　今日も暑かったっすね」

「おー矢野さん、今帰りですか。今日も日雇いのバイト？」

「はい。今日は不思議な現場でしたよ」

「そうですか。おつかれさまでした。なんにせよ働いていればいろいろあります。それが労働ってものです。カッコいいですね、そのモトリーのTシャツ」

小田島さんは俺が着ているモトリー・クルーのTシャツを褒めてくれる。そして右手の親指を立ててにっこり笑う。

「いいっしょ、これ！」

俺も親指を立てて小田島さんに返事をする。

「じゃあね、小田島さん。お先に」

そう言って俺はハイツひなげしの3号室のドアを開けた。今日はナイターを観ながら唐揚げ弁当を食べるのだ。奮発して買った単品の魚フライセットのつまみ付きだ。ビールだって冷蔵庫にたっぷりある。巨人が今日山口で勝ったら、首位の広島とは4ゲーム差。いよいよ射程圏内だ。

俺にはやっぱりこの町が似合ってるし、結局こういう暮らしが居心地がいい。明日のことも将来のこともぜんぜん見えないけど、それでも別にいいじゃないか。だいたいそんなもん誰に見えてるって言うんだ。俺は缶ビールをあけて、それを一気に半分くらい飲む。そのビールは南極の氷で冷やしたみたいに、キンキンに冷えている。

頭の中に、あのたまプラーザのでかい家と、リビングのテーブルに座ってとろんとした目で笑った彼女の顔がよぎる。あの家にも同じようにきっと夜がやってきている。

テレビをつけると、巨人が1・2塁のチャンスを迎えていて、陽岱鋼がバッターボックスに向かうところだった。

5話

2号室（入居予定）

小松《こまつ》ふゆみ（28歳　メーカー勤務）

過食症は立派な病気だ。そして過食症の症状は、大きく分類すると2パターンある。食べたものをすぐに吐き出し、過食と嘔吐を繰り返す「過食嘔吐」と、ただただものを食べ続けてしまう「過食」だ。

わたしは気がつくと衝動的に食べてしまい、すぐに自己嫌悪に陥って口の中に指を入れて、食べたものをすべて吐き出していた。それは典型的な過食嘔吐の症状だった。

わたしは渋谷にある飲料メーカーで事務として働いていた。世間一般的には大手と呼ばれる上場企業だ。でもその仕事に愛着があったからではなく、なんとなく就職活動をしていたつもりが、あれよあれよというちに内定をもらい、なんとなく今まで働いてきたというのが正直なところだった。いつも定時には退社して、残業や休日出勤などは一切しなかった。

だけどわたしが残業も休日出勤もしないのは、それでも自分の仕事を完璧にこなしているという自負があったからだ。

わたしは元来がまじめな性格で、人の期待にはしっかり応えないと気がすまないタイプだった。一橋大学を悪くない成績で卒業していたから、頭だって悪くないと思う。ただ国立大学に進学したのは、家が貧乏だったからだ。わたしは奨学金をもらいながらアルバイトをして、大学を卒業した。

そしてその頭よりもわたしが特に優れていたことは、相手がなにをしたら喜んでくれるかがわかる「空気を読む力」で、相手が喜ぶことを意識しなくてもできてしまう能力だった。だからわたしは人から嫌われることはほとんどなく、会社の中での好感度も高かったと思う。もちろん与えられた仕事は常に正確に、100ではなく120%のものを返すようにしていた。必然的に仕事で信頼されることも増え、事務の仕事の範疇《はんちゅう》を超えた、部署を横断したプロジェクトに呼ばれたりもしたし、責任のある仕事を任されるようにもなった。

かといってこの仕事が好きだったかというと、そういうわけでもない。わたしは特にやりたいことがあるわけではないのだ。それでも事務という仕事に対しての、社内の男性社員や世の中の評価の低さに対してのいらだちは、自分の中にいつもあった。

もちろん、大手企業のエリートや金回りのいい男たちとの合コンを繰り返し、少しでもいいスペックの男を見つけるのに必死な同僚や先輩も実際多かったから、ある程度事務の仕事が腰かけだと見られるのは仕方ない。でもわたしはそういう女たちと一緒にされることが本当に苦痛で仕方がなかった。

だからわたしは職場では誰ともつるまず、必要な会話をする以外はたいていひとりでいることを貫いた。定時に退社をしても、同僚とそのあとの時間を過ごすことはまったくなかった。

ただそれでも嫌われないところが、わたしの器用なところだと思う。愛想もよかったし愛嬌もあったから、仕事もできて自分の世界観のある女性というとても便利なポジションで、わたしは同僚や後輩からも信頼されていた。ただそうやって振る舞うのももちろん自分の中では計算の内で、そうしている方が自分が楽だという、ただそれだけの理由だった。

仕事のあとの時間になにをしていたかというと、わたしはたいていひとりで飲み歩いていた。

渋谷から神泉《しんせん》の方角に向かって賑やかな坂道を上り、ホテル街を抜けて5分くらい歩いた先にあるマンションに住んでいたわたしは、週末になるといつも渋谷の町で遊んでいた。ひどいときは翌日に仕事があっても、24時を過ぎてまだ町を徘徊するように歩き、声をかけてくれた男にほいほいとついていってその日の飲み代を払ってもらうという生活を続けていた。もちろん飲み代を払ってもらうだけではすまないような危険な目にあうこともしょっちゅうだった。それは会社のみんなが見ているわたしという実像からすると、とうてい考えられないような姿だったと思う。

どうしてそんなことをしているのかと聞かれてもうまく答えられないのだけど、ひとつだけ言えることは、わたしは生きていることが空虚で仕方がなかった。こんなことをしていられるのは今だけだし、若さというのは一過性のものなのだ。いくら働いても自分が自分として評価されることはないし、美人というだけで男から色物を見るような目つきで見られるだけ。わたしの性格や生き方の姿勢、内面になんて、結局誰も興味を持とうとはしないのだ。

わたしは仙台の小さな町で生まれた。ひとりっ子だった。ただ小学校に上がるときには埼玉県に引っ越してきたので、仙台に住んでいた頃の記憶はほとんどない。

両親は共働きで、父親だけでなく母親も家に帰ってくるのが遅かった。今思えば、両親があの町を出て縁もゆかりもない埼玉に越してきたのには、きっとあまり人には言えない事情があったのだと思う。考えてみれば引っ越したあとに子どもの頃に住んでいた仙台に里帰りをした記憶はなかったし、おじいちゃんとおばあちゃんが死んだあとも、お墓参りにだって行った記憶がない。

わたしは学校が終わると、団地の中の狭い自分の家で、毎日ひとりで晩ごはんを食べなければならなかった。お母さんは、仕事に出る前にわたしの晩ごはんを作ってくれていて、それは焼きそばのこともあればチャーハンのこともあったけど、いずれにせよレンジでチンをすればすぐに食べられる類いのものだった。ときどき台所のテーブルの上に千円札が置いてあり、そういう日はコンビニで夜ごはんを買ってきて暗い台所でそれを食べた。コンビニから家に帰るときに大きな団地を見上げると、それぞれの部屋にオレンジ色の明かりが灯っていて、ときどき開け放たれた窓からカレーやシチューのいい匂いが漏れてきたりした。

それでもわたしはそれは仕方のないことだと思って、ずっと我慢して過ごした。家に帰って宿題をして、晩ごはんを食べて、居間でテレビを見ながら、わたしは毎日毎日ひとりでお母さんが帰ってくるのを待った。テレビなんてぜんぜん面白くなかったけれど、ひとりで家にいると静かすぎて嫌だったから、いつもテレビをつけっぱなしにしていた。学校帰りに近所のスーパーでお母さんと一緒に買い物をしている友達を見ると、いつもうらやましい気持ちになった。でもお父さんもお母さんも、わたしのために働いてくれているんだから、我慢しなくちゃいけない。わたしはそう自分に言い聞かせていた。

父と母は遅くに帰ってきたあと、深夜によく言い争いをしていた。真夜中に布団の中にいても、団地の部屋の襖を隔てた向こうの罵《ののし》りあいから逃れることはできなかった。喧嘩が終わると、今度はお母さんがすすり泣く声が聞こえた。わたしは布団に潜り込んで、その声が聞こえないようにきつく耳を塞ぎ、目を閉じて朝が来るのを待った。

そのうちにお父さんはほとんど家に帰らなくなった。母親とふたりで家にいても息苦しくて、わたしも週末は予定を作って外に出るようにした。

予定のない週末も、わたしは朝起きると家を出て、学校の近くの公園で時間をつぶしていた。だから高校生になってアルバイトができるようになると、心底ほっとした。これでもうお母さんの顔色をうかがう必要もないし、お小遣いをもらう必要もない。アルバイトをすればその分お金もたまる。一石二鳥だった。

大学を卒業する頃、わたしの過食が始まった。それは水瓶《みずがめ》に溜まった水が溢れてこぼれるように、ある日急に始まったのだった。なんの前触れもなく、法廷の市民裁判官の通知が急にポストに届くように。

大学を卒業して埼玉の家を離れ、念願のひとり暮らしを始めたものの、わたしはマンションの部屋にひとりでいるのが怖かった。気がつくといつのまにか食べているのだ。部屋の中にあるもの、冷蔵庫の中にあるもの、とにかくありとあらゆるもの。食欲は雪崩のようにわたしを襲い、一度襲われたら部屋にある食べ物をすべて食べないと気がすまなくなっていた。ひとりの部屋に帰る前にスーパーやコンビニであり得ないくらいの食料を買い、貪《むさぼ》るように食べる。それはふつうではちょっと考えられない量だった。

食べ物をあらかた食べ尽くして気分が落ち着くと、こんどは嫌悪感と虚無感が襲ってくる。部屋中に散らばっている自分が食べたものたちの残骸を見て呆然《ぼうぜん》とし、トイレに駆け込み、口の奥に指を突っ込んで胃の中のものを吐き出した。便器を抱えながらおおい泣き、そのたびに涙と吐瀉物《としゃぶつ》で顔も便器もぐちゃぐちゃになった。

肌は荒れ、生理が不順になり、生きていること自体がどうでもよくなっていった。便器の前で眠ってしまい、真夜中に目が覚めたときは、なんどもこのまま消えてしまいたいと思った。生きていてもいいことなんてそんなにないし、いい気分なんてたいていがすぐに過ぎていってしまうじゃないか。

それでもわたしは会社を休んだり遅刻したりすることは一切なかった。同僚たちは体調不良だの生理だのと理由をつけてしょっちゅう休んでいたから、それと一緒にされるのが嫌だったし、一度休んだらずるずると落ちるところまで落ちてしまいそうで怖かったのだ。他人を欺《あざむ》くために演じていた自分のキャラクターに、結果的にわたしは救われていた。

家にいると食べてしまうから部屋の外に出る。部屋の外に出ると店に入ってお酒を飲んでしまう。部屋に帰るとまた食べてしまう。その悪循環でわたしはまた町に出て、夜な夜な自分をすり減らし、自律神経を完全におかしくしていた。黙っていればわたしは間違いなく美人な部類に入るし、どれだけ食べても不思議と太らなかった。そして町で声をかけてくる男には事欠かなかった。

ある日曜日、わたしは珍しく朝早くに目が覚めた。目覚めた瞬間にいつも感じている絶望感も、二日酔いのあの最悪な気分もなかった。カーテンの光に導かれるようにベッドから出ると、わたしはほとんど無意識に洗濯をして、掃除までした。それは久しぶりで、本当に珍しいことだった。たいていのわたしは土曜日に記憶がなくなるまで飲み続け、日曜日は日も沈みかけた夕方頃に目が覚めて、最悪の気持ちで月曜日を迎えるという週末を繰り返していた。

カーテンをひいて窓を開けると、手の届きそうなところに渋谷の高層ビルが見えた。よく晴れた5月の朝だった。このままここにいたら、きっとわたしはまたスーパーに行って食べるものを買い、それを食べて吐くだろう。そして夜中にまた死にたくなったりするのだろう。わたしはこの気持ちのいい日曜の朝の気分を、そんなくだらない未来予想図で覆いたくなかった。その妄想から逃げるように簡単なメイクで顔を整えると、小さなカバンにハンカチと財布だけを入れて部屋を出た。

渋谷駅から逃げるように山手線に乗ったことまでは覚えているけれど、覚えていたのはそこまでだった。いつのまにかわたしは眠っていて、東京の郊外に続く電車に揺られていた。すいた車内の椅子に座って向かいの窓の外を見ると、そこには小さな家や人通りの少ない道が見えて、長閑《のどか》な東京の郊外の風景が広がっていた。春の暖かな陽射しが斜めに電車の中に入ってきていてとても気持ちがよかった。

日曜日のこんな時間に起きていること自体が珍しかったので、頭の奥の方は膜がかかったようにぼんやりとしていて、思考がうまくまとまらなかった。ただ、とにかく渋谷から離れようと思ったのは間違いないと思う。わたしは静かな所に行きたかった。なぜこの電車に乗ったのかはわからない。ずいぶん前につきあっていた彼と、この電車に乗って出かけたことがあったような気がしたけど、違うかもしれない。いずれにせよ、わたしはきっと無意識にいつもの暮らしから離れて遠くに行くことを求めていた。

再び目覚めると電車は住宅街の中を走っていた。ここまで来るともう高いビルはまったく見えない。時計を見ると、まだ11時を少し過ぎたところだった。

電車の窓から小さな遊園地が見えた。メリーゴーランド、コーヒーカップ、懐かしい景色だった。「こんな所に遊園地があるんだ」。わたしはぼんやりとした頭でそんなことを考えていた。立ち上がってドアの脇まで歩いて行って、その線路沿いの遊園地を眺める。

電車が減速を始めたので、わたしは次の駅で降りてみることにした。

駅前には小さなロータリーがあって、その向こうに本屋さんが見えた。その本屋さんの隣には、町の不動産屋さんがある。典型的な私鉄沿線の駅だった。わたしは行くあてもなく横断歩道を渡り、ロータリーを越えた。短い商店街の向こうはもう住宅街になっているようだったので、Uターンして駅の方に戻る。駅前でトングとポリ袋を持ってゴミ拾いをしているきれいな女の子がいたので、声をかける。

「あの、遊園地はどっちですか？」

彼女はにっこり笑うと、遊園地までの道をていねいにわたしに説明してくれる。

遊園地は線路沿いの道を10分くらい歩いた場所にあるということだった。電車を降りたときは気がつかなかったけど、駅の改札の壁にも古びた遊園地の看板が掲示されている。ディズニーランドやユニバーサルスタジオといった大型のアミューズメントパークが大人気で、大きな映画館やフードコートのついた同じような商業施設が乱立している現代に、その色褪せた遊園地の看板はあきらかに時代遅れのデザインだった。実際その遊園地も、何十年も前にできた当時はたくさんの人で賑わったんだと思う。でも、時代に取り残されたデザインのその看板は、今となってはもの哀しささえ感じさせた。

線路沿いの道を遊園地に向かって歩いているときに、カバンの底にあるスマートフォンが震える。取り出して見ると、昨日の夜一緒だった男からのメッセージだった。たしか大手の広告代理店に勤めていて、自慢話ばかりでつまらない男だった。その自慢話だって自分の手柄のように話していたけれど、結局それは会社の力だということがわかっていない。痛い勘違い男だ。わけのわからないスタンプ（どうしてこんなスタンプにわざわざお金を出すんだろう）のあとに、今夜ふたりで会わないかというメッセージが続く。わたしは顔をしかめてそのメッセージを無視し、カバンにスマホを投げ込むようにして戻した。

5月だというのに気温が高くて、暑い日になりそうだ。歩いていると、少し汗ばんでくるような陽気だった。線路沿いの一本道の歩道には花水木が何本も植えられていて、真っ白い花が咲き乱れていた。わたしのほかに遊園地に向かっている人があまり見当たらなくて、本当に遊園地があるのかどうかさえ不安になる。でもさっきから確かに遠くの方で賑やかな電子音のメロディが聞こえてきていた。あの音はメリーゴーランドかしら？

それでも、わたしが思っていた以上に、遊園地にはたくさんの人がいた。さすがに日曜日。この遊園地も近隣の家族にとっては格好の遊び場なのだろう。

小さな広場のようになっているエントランスゲートの窓口でチケットを買う。入場料は１６００円。子どもは８００円で、小学生以下は無料だった。ディズニーランドなんて毎年のように値上げをしていて、今じゃ家族４人で１日遊んだら5万円くらいは軽くかかるんじゃないだろうか。１６００円じゃ映画も観られない。そう考えると、この遊園地の入場料なんてタダみたいなものだった。

予想したとおり、それは昭和の遺産のような場所だった。目の前に広がっている景色の隅々まで哀愁が漂っている。プールの入口受付に座っているおじさんはうとうとと居眠りをしていた。プールは冬のあいだに釣り堀として使われていると、小さな看板に書いてある。そもそもプールの中に魚を泳がせるという発想自体が驚きだった。いくらきれいに洗うとはいえ（きれいに洗うことを祈りたい）、夏になって、その冬のあいだ釣り堀だったプールで泳ぎたいと思う人の気が知れない。

遊園地の中のものは、遊具も売店もベンチも少しずつ色褪せていた。流れている曲は昭和の古い歌謡曲で、おそらく流している音楽も80年代からずっと変わっていないのだろう。シブがき隊のあとにチューブが流れ、そのあとにチェッカーズが続くという、わけがわからない選曲だった。だいたい今の子どもたちはシブがき隊なんて知らないんじゃないかと思う。

最初に目についた売店に入ってアイスコーヒーを注文する。その売店の前にはパラソルとベンチがたくさんあったので、わたしはそのひとつに座った。館内の音楽が井上陽水に変わる。

アイスコーヒーには頼んでもいないのに最初からガムシロップがたっぷり入っていて、救いようのないくらい甘かった。この売店ではブラックコーヒーという選択肢を持つことを誰も考えなかったのだろうか。でも、もうどうにでもなれだ。わたしは甘いアイスコーヒーを一気に飲み干した。

コーヒーを飲んでひと息つくと、わたしはやっとこの状況に自分が少しだけ馴染んできているのを感じた。馴染んでみたらそれはそれで、なんだか悪くない気分だった。パラソルの下のベンチで、わたしは本当に久しぶりにリラックスしていた。時計を見ると12時を少し過ぎたところだった。まだ日曜日はたっぷり残っている。

わたしはそこでふと思った。そうだ。わたしはただただ平和な風景の中に自分の身を置きたかったのかもしれない。たぶんふつうの暮らしの中に自分が含まれていることを確認したかったのだ。愛情とか、死とか、性とか、そういうものから遠く離れた、気楽なおとぎ話みたいなものを求めていたのだと思う。

渋谷という町からは、そんなおとぎ話はもうとっくの昔に消えてしまった。かといってこの遊園地が、多くの女の子が夢みたおとぎ話の世界かと言えば、それはそれで突っ込みどころは満載だけれど、そもそもおとぎ話なんて誰も突っ込みを入れなかっただけで、本当はこんなものなのかもしれない。

わたしが座った場所からは、遊園地の小さなステージが見えた。どうやらそこでは毎日ショーが行われているようだった。わたしは立ち上がってそのショーの案内ポスターに近づいてみる。それは遊園地にありがちな戦隊もののショーで、1時と4時の2回開催だった。

まだ父と母の仲が良かった頃、幼かったわたしはときどき（といっても1年に1回あるかないか）家族で行く遊園地が大好きだった。遊園地では必ずショーをやっていて、わたしはそのショーを観るのをとても楽しみにしていた。あれはどこの遊園地だったのだろう。父の肩車の上から観たヒーローショーのヒーローは、とてもかっこよかったことを覚えている。その記憶はぼんやり明るくて幸せで、薄いベールのようなもので覆われていた。

1時のヒーローショーまではまだ少し時間があるから、わたしは園内を少し散歩してみることにした。そして適当になにか食べようと思った。外に出て明るい気持ちでいるときは、わたしは食べ過ぎなかった。わたしが食べ過ぎるのは、決まって家でひとりのときだけだった。

ヒーローショーを観に来ている人の数は、ステージ前の椅子の数よりもだいぶ少なかった。そしてわたしの記憶の中のヒーローと、目の前で戦っているヒーローのあいだにはギャップがありすぎて、なんだか笑ってしまった。ヒーローって、こんなにのんびりしてるんだっけ？　動きもそんなに鋭くないし（むしろ鈍いくらい）悪役にしたって緊張感がなさすぎる。ストーリーはお決まりの展開。観客の中の子どもがひとり捕まって、ヒーローがその子どもを奪還するという、子どもにもきっと次の展開が読めるものだった。

「あっ、そんなところでバク転はいらないでしょう」

わたしはいちばん後ろの席でほおづえをつき、そんなことを口にしながら、ショーをぼんやりと眺めていた。

観客の中には、ショーを嘲笑したり、小馬鹿にする会話もちらほら聞こえた。仕方ない。突っ込みどころをあげればそれこそきりがないのだ。でも、バカにするなら観ないで黙って帰ればいい。1600円しか払っていないくせによくもまあそんな大きな態度を取れるものだ。わたしはそういう声にいらだちを感じていた。

わたしはそのお粗末なショーを楽しんだ。わたしのほかにも、おそらくたくさんの人が。その空間を占めているのは、今日偶然この場所に集まった生まれも育ちも考え方も違う、いわば関係ない人たちの笑顔だった。ひとりでそれを観ているのはたぶんわたしだけだったけど、それでもわたしはぜんぜん寂しくなかった。

そのときふいに思った。

「そうだ、引っ越しをしよう」

さっきまで劣勢だったヒーローが立ち上がり、最後の力を振り絞って必殺技を繰り出す。その技はたいして効いている感じはしなかったけど、悪役はその場に倒れ込んだ。そうだ。最後にはヒーローが勝つんだ。

あの部屋にいる限り、わたしは食べ続けるだろう。食べて、それを吐いて、そのたびにわたしは自分を失い続けるだろう。でもわたしは自分に負けたわけじゃない。わたしはただその弱さに立ち向かう気力が湧かなかっただけなのだ。まだ負けたわけじゃない。

「あの家を出よう」

どうしてかはわからないけど、それが、その突っ込みどころ満載のヒーローショーを観ながらわたしが感じていたことだった。突っ込みどころだったら、わたしの人生だって負けてない。わたしはまだやり直せるかもしれない。

結局そのあとわたしは観覧車に乗ってみたり、ひなびたレストランで缶詰のみかんが載ったパフェを食べたりして夕方までそこで過ごした。そしてその小さな遊園地をあとにするときには、わたしの中に居座っていた疲れはずいぶん遠くの方にいなくなっていた。

遊園地のゲートを出るときに、背中の方で歓声が上がる。ちょうど4時のヒーローショーの時間のようだった。彼はまた現れ、劣勢になり、倒れ、最後に勝つだろう。そしてそれを、誰かにバカにされるだろう。そしてわたしのような誰かを、少しだけ勇気づけるだろう。

駅前まで戻ってきて、駅に併設されたチェーンのコーヒーショップに立ち寄る。わたしはバナナジュースを飲みながら、ぼんやりとロータリーを眺める。悪くない気分は続いていた。さっきのゴミ拾いのきれいな女の子はもうどこかにいなくなっていた。

そうだ、この辺りはどうだろう？　せっかく引っ越すなら、都心から離れた知らない町がいい。そしてできるだけ暮らしの匂いのする町がいい。わたしはバナナジュースを一気に飲み干すと、ロータリーの向こうにある不動産屋に向かう。

「これなんてどうですかね？　5万円で、お風呂とトイレが別です。最寄りはひとつ隣の駅で、駅から少し遠いけど、目の前は小さな公園だし。今なら2号室が空いてます」

「5万円？　2号室？」

「はい。5万円です」

「いくらなんでも安すぎないかしら？」

不動産屋のおじさんはドラマに出てくるようなぶ厚いメガネをかけていて、何度も洗いこまれたクリーム色のシャツを着ていた。メガネの奥の目がわたしを見ると、レンズの向こうの瞳が大きく見えた。

その部屋の家賃は、わたしの住んでいる渋谷のマンションの3分の1だった。わたしの働いている会社は、会社がある渋谷区に住むと5万円、それ以外の場所に住むと3万円の家賃補助があった。その補助を使ってここに住んだら、わたしが払う家賃は月々たったの2万円だ。

「……古すぎるのは嫌だな」

「そうですか。でもこのアパート、築年数は古いですけど、すごくきれいなアパートですよ。今からでも見に行ってきたらどうですか？」

不動産屋から鍵を預かり、わたしは店を出る。自転車を貸してくれるというので、わたしは自転車に乗って教えてもらった道を走り出す。そのアパートは、この駅のひとつ隣の駅から歩いて10分くらいのところにあった。

どうしてこんなことになっているんだろう。わたしはそう思いつつ、自転車を漕ぎながらワクワクしていた。久しぶりに心が自由に感じられて、気がつけばわたしは自転車を立ち漕ぎしていた。

「ハイツひなげし、ハイツひなげし……あっ、ここだ」

不動産屋が薦めてくれたアパートの名前は「ハイツひなげし」という名前だった。ひなげしはわたしの大好きな花。春が終わる頃控えめに咲くやさしい花だ。小さい頃にお母さんを待ちながら団地の中庭の公園で遊んでいるとき、そこには赤いひなげしの花がたくさん咲いていた。

空いているという部屋は1階の2号室だった。今住んでいる神泉の、どこの国の言葉かわからない大層な名前のマンションの801号室とは雲泥の差だった。もちろんここにはオートロックもない。廊下は外にあって、部屋のドアの脇には洗濯機が置いてあった。しかも2号室は1階だ。もうひと部屋空いていると言っていたが、そこも1階ということだった。セキュリティなんて言葉はきっとどこにもない。

それでも、わたしはこの場所に少しも嫌な印象を感じなかった。鍵穴に鍵を差して2号室のドアを開ける。交換されたばかりの畳のいい匂いがした。昼間のうちに太陽をたくさん浴びた気配が部屋中に漂っている。とても日当たりのいいアパートだった。不動産屋のおじさんが言ったように古さはぜんぜん気にならなくて、どちらかというと大切に使われてきた清潔さと、大切に住まれてきた場所の記憶のようなものが部屋から感じられる。わたしは一瞬でこの部屋のことが気に入ってしまった。窓をあけると外には大きな木蓮の木があって、それも嬉しかった。今年の花はもう散ってしまっていたけれど、これだけ大きな木だから、春先は毎年とてもキレイだろう。

畳の上に体育座りをして、膝の上に顎を乗せて目を閉じる。夕方の町の匂いがする。わたしが生まれた仙台の田舎も、こういう匂いがした。

「この部屋に住むのもいいかもしれない」

こんなにも短絡的に、しかも衝動的にまだよく知らない町に引っ越しを決めてしまうことは、計算高いわたしからするとあり得ないことだった。でもわたしはなぜかこの部屋に住んでいる自分のことが好きになれそうな気がした。

わたしは立ち上がって伸びをする。どのくらい座っていただろう。30分？　もっと長い時間だったかもしれない。でもそれは本当に心の休まる時間だった。このなにもない空っぽの部屋の中で目を閉じているだけで、なにか温かくて大きなものに包まれているような気持ちだった。そしてそんな気分になるのは、ずいぶん久しぶりのことだった。

部屋を出てアパートの前の道を渡ると、そこには小さな公園があった。この場所は少し高台になっているようで、公園の向こうには隣の町が見えた。

わたしはその公園のベンチに座って、ハイツひなげしの建物を眺める。どこからともなく猫がやってきて、わたしの足元にごろんと横たわった。少し離れた場所では、後ろ足が1本ない猫が、警戒した目でわたしのことをうかがっていた。よく見るとその公園にはたくさんの猫がいて、それぞれが遠くからわたしのことを見ている。「そこはわたしたちの場所なんだから」。そんな猫たちの不満があちこちから聞こえてくるようだった。

あのアパートにはいったいどんな人が住んでいるんだろう？　部屋から誰も出てくる気配はないし、誰もアパートに入っていかなかった。わたしはぼんやりその建物を眺めながら、なんだか夢のようだった今日のことを思う。

辺りはもう日が暮れようとしていた。鍵を不動産屋に返して、今日は渋谷に戻らなくては。次の週末に、もう一度この町にやってこよう。わたしは立ち上がる。公園を出るときに、公園に入ってくる男性とすれ違う。その人はコンビニの袋を提げて、大きなトートバッグを肩からかけていた。黒いＴシャツのプリントには、でかでかとPINK FLOYDと書かれていた。

「こんばんは」

男がわたしに挨拶をして、にっこり笑う。

「こんばんは」

わたしもつられて、自分でもびっくりするくらい自然に応える。知らない人とすれ違って挨拶をしたのなんて、本当に久しぶりのことだった。

「いい夕方ですね」

「はい。本当に」

そのままわたしたちはすれ違う。男は公園の中へ、わたしは公園の外へ。

わたしは振り返ってその人の背中を見る。驚いたことに、その人も立ち止まってわたしを振り返った。

彼は笑って、右手を上げてわたしに手を振る。黄昏時で、彼の表情は影になっていて見えなかった。わたしは急なことに動揺して、軽く会釈をする。そして迷ったけど右手を腰のあたりまで上げて、小さく手を振ってみる。

6話

6号室 吉田真之介《よしだしんのすけ》（30歳 会社員）

駅前でひとりで歌うのは、もうおしまいにしよう。最初から30歳になったらやめるってことは決めていたじゃないか。そして俺は5月で30歳になった。月に1回は駅前で歌い、3カ月で1曲は新しい曲を作る。今日までずっとそれを自分に課してやってきた。俺にしては、この年までよく頑張ったと思う。

大学を卒業して就職しても、俺はミュージシャンとしてデビューすることを目指して歌を歌ってきた。でもたぶん俺には才能がない。才能のないやつは努力でそれを補うしかないのだろうけれど、それは本当に難しいことのように思えた。この10年あまり、才能のあるやつを近くで見てきた。才能というものは、それに努力してなにかを加えなくても、もはやそれだけでひとつの価値になるもののことを言うのだ。

もちろんときには努力が才能を超えることもあるだろう。じゃなきゃ努力なんてやってられない。でもその努力で才能を凌駕《りょうが》して壁を突き破るには、俺には決定的になにかが足りない。そして30歳の俺にはそれがなにかわかる。それは「飢え」という言葉がいちばん近かった。俺には表現に対する飢えがないのだ。ひとことで言えば、俺は心のどこかで現状に満足している。「そんなもの必死で努力してから言うもんだ」と誰かに言われそうだけど、そう言われても「そうかもしれないですね」としか言いようがない。

駅前の東龍という中華料理屋でラーチャーセット（ラーメンと半チャーハン。たぶん俺はこのセットをもう200食は食っている）を食べながら、俺は急に、歌うのをやめようと思った。潮時だ。それは今日まで何度も考えてきたことだったけど、決めるのが怖くて後回しにしてきただけだった。でもいつまでも逃げているわけにはいかない。俺にはなにかを必死で努力し続けるだけの強さがないのだ。なぜ今かと言われればなんとも答えようがないのだけれど、少なくとも好物を夕飯に食べて、おまけにビールまで飲んで満腹の今、自分が考えたことだ。それが流れとしてそんなに間違っているとは思えなかった。それにもうだいぶ前からわかっていたことじゃないか。

小さいときから、恵まれた人生だったと思う。栃木県との県境に近い群馬県の田舎町で生まれて、18歳で上京するまで、親元でなんの苦労も不自由もなく暮らしてきた。父親は小さな会社を経営していて、母親は習字の先生。どちらかというと金回りのいい家だったと思う。ゲームもラジコンも、ほしいものはたいてい買ってもらえたし、勉強も運動も、たいして努力しなくても人並み以上にはできた。なにもしなくても俺はいつもクラスの中心で、小学校からずっと学級委員だった。先生は難しい質問があるといつも俺を指名した。俺は黒板まで歩いていって、いつだって的確な答えをそこに書くことができた。それは自分にとってたいして難しいことでもなかった。

小学校入学と同時に始めたサッカーでは、小学校の少年団でも中学校の部活でも、常にエースストライカーになった。シュートはたいてい決められたし、まったくもってお手上げだと思った相手は今までにひとりもいない。運動神経は抜群に良くて、走ることなら誰にも負けなかった。

サッカーの特待生として入学した群馬県の私立高校では、2年の春にレギュラーになり、全国大会にも出た。でも俺から言わせればその年の3年はレベルが低くて、県代表にはなんとかなれたものの、1回戦であっけなく負けてしまった。俺は俺にレギュラーを奪われた3年の先輩からずいぶん苛められたし、今考えれば理不尽なこともされたけど、その場だけは「ハイ」とわかったような返事をして、気持ちの中ではぜんぶ無視していた。本当になにひとつ聞いていなかった。そういう感情論や自尊心の押しつけみたいなものにつきあっているのはとにかく時間の無駄だと思っていたし、なにより自分より立場の弱いやつを苛めるなんて心からダサいことだと思っていた。サッカーをやるために集まってるんだ。そんなものにいちいち時間を割いてなんかいられない。

でも自分たちが最上級生になってみたら、同級生はもっとレベルが低くて、最後の群馬県大会は3回戦であっけなく負けて、全国大会にすら行けなかった。

同級生は自分たちが苛められた分、今度は後輩を苛めることに必死で、練習なんてろくにしなかった。そりゃうまくなるはずもない。むしろ1年で初めて会ったときの方がうまかったやつもいた。

最後の大会の俺は絶好調だった。でももちろんサッカーはひとりじゃ勝てない。攻撃はことごとくつぶされ、センターフォワードの俺にボールはなかなか集まらなかった。

いくつかの大学からサッカー推薦で特待生入学の話があったけど、俺はぜんぶ断った。サッカーはもうたくさんだ。自分のせいでチームが勝ったり、誰かのせいで自分が負けたり、そういうのはもう充分だった。

部活が終わってから受験勉強を始めた俺は、慶應に落ち、なんとか早稲田に合格した。別に慶應にも早稲田にも行きたいわけではなかった。

大学に入学して俺がのめり込んだのは音楽だった。

もう部活も運動もしたくなかったので、俺は入学式のあとに最初に誘われた音楽サークルに、興味本位で顔を出してみた。高校生のときから音楽は好きだったし、なにより体を動かすのはもうたくさんだった。

その部室で待たされているあいだに、同じ部屋にもうひとり俺と同学年の足立《あだち》という男がいた。俺はその男とその場で仲良くなった。大学でできた初めての友達だった。

足立は文学部の学生だった。文化構想部というわけのわからない学部だった俺は、足立とは授業はまったくかぶらなかったけど、放課後になると部室でふたりで音楽を聴いたり、新宿までレコードを買いに行ったりするようになった。

高校までの俺は、クラスでも部活でもいつのまにか中心的な存在だった。でも大学になってみると、同学年の人数は多すぎるし、中心がどこかを捉えることはとても難しかった。大学には本当にいろいろなやつがいた。でも逆に俺にはそれが心地よかった。俺は個性を消すように授業に出て、授業が終わるとそそくさと教室を出ていった。それは今までに味わったことのない感覚だった。誰にも期待されないで、好きなことができる。

足立は物静かな男だった。今までの俺の友達にはいないタイプだったし、まず同じグループになることのない種類の男だった。だいたい今まで俺のまわりにいた友達はお調子者で騒がしくて、いつもなにかしらをネタにして騒いでいないと気がすまないようなやつらだった。

一方の足立はテンションが常に一定で、いつ会っても静かだった。ひとりでいるときはたいてい本を読んでいた。そして人と一緒にいるときは、それが誰だったとしてもにこにこ笑っていた。俺たちは一緒にいても必要なこと以外ほとんど話さなかったけど、俺は足立という男のことがすぐに好きになった。

入学して最初の夏が過ぎる頃には、俺は毎日のように足立のアパートに転がり込んで、足立のレコードのコレクションを聴きながらだらだらと過ごすようになった。バイトがない日は俺のアパートの近くで買った弁当を食べてビールを飲み、夜更けまでなんでもないことを語り合ったりもした。

足立のアパートには足立が中学から弾いているフォークギターがあって、暇に飽かせて俺はそれを足立に教わるようになった。足立はギターで自分のオリジナル曲を何曲も作っていて、酔っぱらうと本当にたまに、それらの曲を俺に披露してくれた。

「吉田拓郎みたいだな」

俺がそう言うと決まって足立は「ボブ・ディランみたいだって言えよ」と恥ずかしそうにギターを置いた。

足立が唯一熱くなるのは、ロックのことを語っているときだった。いつも静かな足立という人間の中の、どこにこんなにも熱いものがあるんだろうというくらい、足立はロックのことになると熱心に語った。俺も足立につられるように、どんどんロックンロールという音楽と、そのなりたちに興味を持っていった。

知れば知るほどロックというものは、今まで俺が向き合っていたスポーツとは反対のところにあった。健全さとか真っ当さ、明るさといった価値観は、そこではほとんど通用しなかった。その世界は俺にとっては衝撃だった。

言うなればそれは、俺が持っているカードでは音楽というものになにひとつ勝てないということだった。勝てないというよりも、それでは土俵にすら上がれなかった。それは不思議と自分にとって気持ちのいい敗北だった。勉強ができることも、運動で他人に勝つことも、人徳も、いい人としてのイメージも、ロックという世界の前では本当に無力だった。そもそもロックというのは勝ち負けじゃなかった。勝ち負けの世界で生きてきた俺にはそれは、死ぬまで続く勝敗のない長い戦いのように見えた。カート・コバーンは27歳で自らその戦いに幕を引き、ジョン・レノンは戦いの最中で闇に殺された。逆にレッチリやU2はもうだいぶおっさんだけど、まだまだ新しい歌を作り続けている。要するにロックに足を踏み入れたら、死ぬまでロックをするしかないのだ。問題はどこで死ぬかだけ。生きているあいだにロックに巻き込まれたらもう逃げ場なんてない。そこでは学歴、頭の良さ、運動神経、そんなものにはまったく意味がなかった。

俺が大学に入学した当時は、オアシスやベックといったイギリスのロックのブームがだいぶ過去のものになり、それに続いてやってきたグランジロックという熱病も、カート・コバーンの死を機に少しずつ去っていったあとだった。しかし俺は、インフルエンザの流行が去ったあとに季節外れでそれに感染した馬鹿な子どものように、グランジロックにのめり込んだ。カート・コバーンを真似してジーンズをわざとぼろぼろに破って、古着のネルシャツにジャックパーセルを履き、阿呆みたいにグランジを気取った。今思えば、にわか仕込みの俺には、そうすることで少しでもロックという未知の世界に近づきたいという憧れがあったのだと思う。とにかくロックの正義も悪もないアウトローなところに、俺は強烈に惹かれていった。

でもそれはどうやったって猿真似でしかなかったし、ただの外見でしかなかった。みんな破れたジーンズにネルシャツを着ている時代だったのだ。

それでもその頃は音楽だって結局はファッション的なもので、俺ならいつかそれに追いついて、その価値観に勝つ日が来るのだと思っていた。最初は猿真似だったとしても、今までみたいに、それはすぐに自分の中で消化して、超えていくことができるものだと思っていた。

でもそれはそんな単純なものじゃなかった。さっきも言ったようにそれは一生の戦いで、生き方のスタイルだった。それは今までいろいろ中途半端だった俺の目をがつんと覚ましてくれた。

それに気づいてからの俺は、もうずぶずぶに歌を歌うということにはまっていった。

ときどき誘われてサッカーやフットサルをやったけど、そんなことにはもうぜんぜん熱くなれなかった。

大学に入学した年の10月、俺は御茶の水の楽器屋でギターを買った。24回払い。ショーウィンドウに飾られていた、カート・コバーンと同じムスタング。最初のギターとしては値が張ったけど、俺は迷いなくそれを購入した。それを自分のものにしてうまくなることだけが、俺の新しい興味になった。そうして俺は自分の歌を作るようになった。

ギターを弾くだけでなく、俺は毎週のようにライブハウスに通った。下北や高円寺の小さい箱から、恵比寿のリキッドルーム、赤坂のブリッツ……。たいがいは足立とふたりで、ときにはひとりでも気になったライブがあれば足を運んだ。

そこにはいつも新しい歌があり、その分だけ感動があった。そして俺は大学に入るまでサッカーとか勉強とかに費やしてきた時間のことを思って途方に暮れた。いい音楽はそれこそ世界中にあって、時間と金は有限だった。サッカーをする暇があったら、もっと早くからギターを練習しておけばよかった。足立はもちろん、音楽サークルの先輩やまわりの仲間たちは、みんな俺より音楽に詳しかったし、その中で育てられた耳を持っていた。彼らが中学や高校で通ってきた音楽を、俺はことごとく聴いていなかった。

大学を卒業する頃になり、まわりの仲間が髪を切って就職活動を始めても、俺はまだ歌を歌うことにのめり込んでいた。むしろ俺は音楽と出会ったばかりの子どもみたいな気分だった。出足が遅かった分、まったく熱が冷めなかったのだ。そして自分だったら、音楽でもそこそこやれるという自惚《うぬぼ》れのようなものが、どうしても抜けなかった。

そうして俺は曲を作りまくって、自分の大学の学園祭で歌うまでになっていた。自分が作る歌はいつも最高にいい歌だと思っていたし、自分が選んで聴く音楽はセンスがあると思い込んで疑わなかった。

とにかく俺は毎日朝から晩までギターを触って曲を作っていた。授業はほとんど出なくなり、昼と夜が逆転した生活を送った。彼女もとっかえひっかえで、クラブに行って女の子をひっかけて、そのままその子のアパートに転がり込むようなことも一度や二度じゃなかった。そういうのがかっこいいと思っていたのだ。

自惚れと勘違いの大学生活の中で、俺は足立ともだんだん距離ができるようになっていた。でも変わったのは自分だった。足立は出会ったときからなにも変わらず淡々と生きていた。大学のキャンパスでときどき会っても、いつもと変わらない笑顔で俺に手を振ってくれた。どう考えたって変わったのは俺の方だった。俺はいつのまにかもう足立のアパートにも行かなくなっていた。

今考えてみれば、それこそロックの解釈を間違えたただのイタいやつだった。ダサいにもほどがある。

どうして俺はそんなにロックにムキになってのめり込んだのか。最初に言ったようにそこには勝ち負けも、正解も正義もなかったからだ。それは俺にとっては本当に新鮮だったのだ。サッカーにたとえて言うならば、日本代表の試合にいちばん多く出たのは今のところ遠藤だ。Jリーグでいちばん多くシュートを決めたのは大久保。遠藤に勝つのに必要なのは日本代表の試合に遠藤より1試合多く出ることだし、大久保より上に行くなら大久保より1本多くシュートを決めることだ。それは客観的な事実であり、そこには少なくとも、可能性がある。

でも、誰にもジョン・レノンを超えることはできないし、ボノの歌はボノ以外が歌っても心に響いてこない。カート・コバーンが死んで、ニルヴァーナの音楽はこの世界に永久に冷凍保存された。誰もあれ以上の叫びを叫べない。そこには本当に勝ちも負けもない。カート・コバーンは確かにドラッグにまみれて、最後はずぶずぶだったかもしれない。まわりの人間は実害や迷惑を被ったかもしれない。我慢ならない人間だっていただろう。でも事実として誰かの心にずしんと響く歌を歌っていたのだ。そういう意味ではニルヴァーナは他人を熱狂させた。でも決して誰かに勝ったわけではないのだ。そして誰かに迷惑をかけたかもしれないけど、誰にも負けたわけではない。それがロックのつかみどころのなさだった。そこには「客観的」な事実なんでどこにもない。

俺が音楽と向き合うときに最後まで苦しんだのは、自分に染み付いたその勝ち負けの価値観だった。いい子でいること、他人の期待に応えること、平気な顔をして勝つこと、俺はそれに慣れすぎていて、無意識のうちに勝つことだけを希求する嫌なやつになっていた。そして局地的な負けはあったにせよ、俺は勝つことに関しては全体俯瞰《ふかん》でみるとほぼ叶えられていた。

その自意識が俺の表現を嘘っぽくして、俺の歌は人の心を震わせられずにいた。自意識とひとことで片付けるのはちょっと違うかもしれない。たとえばデヴィッド・ボウイだってプリンスだって、自意識の塊じゃないか。でもそれは俺みたいな「いい子ちゃん」の自意識とはあきらかに違っていた。そのひとりの人間としての内面さえもすべてノーガードでさらけ出して生まれた曲だけが、きっと誰かの心に届くのかもしれない。俺の他人の目を気にした薄っぺらい自意識なんて、もはや自意識とも呼べなかった。そこからじゃ人の心をぐらぐら動かすような曲は、どうやったって生まれない。そして今からどう転んだって俺が歩んできた人生は変わらないし、ということは俺にはそういう歌はきっと一生歌えないのだ。

それが俺にとってはなによりのコンプレックスだった。そしてそのいい子ちゃんのコンプレックスを隠すために、俺は奔放なふりをしたり、乱れた生活をしたりしていた。

東龍を出るときには、だいぶ心が決まっていた。たぶん今日の昼間に決まった仕事のでかい案件のこともあったと思う。この2週間を企画書を書くことに費やした大きなコンペの結果が今日出て、俺はそのコンペを勝ち抜いた。1000万円の仕事だった。

それから5年間ずるずるつきあっている恋人の友子《ともこ》の「わたしのことをどう考えているの?」的な無言のプレッシャーもあった。俺より年上の彼女は今年もう35歳で、無意識のいらだちのようなものが日々のふとした会話の中に前よりも頻繁に感じられるようになってきた。

もう今までみたいに、仕事も音楽も両立はできないかもしれない。音楽を最優先できる仕事を選んでやってきたけど、俺には音楽じゃ1000万どころか、1万円だって稼げない。さすがに責任も仕事の量も多くなっていた。そもそも俺はコミュニケーション能力が高いし、仕事をソツなくこなすなんてそんなに難しいことでもなかった。次の人事で、俺はきっと課長になるだろう。

アパートに着いて外の錆びた階段を上がる。2階の廊下に出ると、8号室の小田島さんが洗濯機の前に立っていた。小田島さんは洗濯機を覗き込むようにしてなにかを探しているみたいだった。俺は小田島さんに声をかける。

「小田島さん、久しぶりですね。元気でしたか?」
「お、吉田君。おかえりなさい。今日も遅いですね。お仕事おつかれさまです」
「はい。東龍でラーチャー食ってました」
「そりゃ最高の夕食ですね。間違いない。あー、わたしも東龍行きたくなってきたな」

小田島さんは俺より10歳以上年上で、もうだいぶ長いつきあいだった。確か仕事は町外れの遊園地の職員かなにか。以前に東龍で一緒になったときにそんな話を聞いた覚えがある。40を過ぎて家賃5万円のこんな古いアパートにひとりで住んでいるのも、なんだか訳ありで勝手にシンパシーを感じていた。

小田島さんはとにかく気持ちのいい人だった。お互い廊下での洗濯の時間になんとなく話すようになって、もう5年近く経つ。いつもロックバンドのTシャツを着ているから、それがきっかけで音楽のことを話すようになって、俺が大学時代のサークルの仲間と一緒にライブハウスでライブをするときには、いつもチケットを買ってくれた。買ってくれるだけじゃなくて、小田島さんはいつもちゃんとライブに来てくれた。

駅のロータリーで毎月の月末に俺が歌っているときも、その路上ライブをやっている隣の駅までやってきて、あったかいコーヒーを差し入れてくれたりもした。それはなにげないけれどとても嬉しいことだった。なぜなら「今度ライブ行くよ」という発言のほとんどが社交辞令だったからだ。たいがいのやつはそれきりで、ライブにもやってこない。俺はそれを身を以て経験しているから、その小田島さんの嘘のない感じがとても好きだった。

40代の友達っていうのもなんだかこそばゆいけど、小田島さんは俺にとって会社以外の唯一の先輩であり、友達だった。そしてなにより小田島さんもロックが好きで、音楽の話が合うのが嬉しかった。小田島さんはロック全般、特にブルースミュージックやフォークに詳しくて、いちばん好きなアーティストはニール・ヤングだった。そんなのはもうこの人を好きになる理由でしかなかった。だってニール・ヤングだぜ。そして小田島さんは俺がこの年になっても音楽を続けていることを、いつも応援してくれていた。

こういうのは勢いだし、縁なのかもしれない。俺はいったん部屋に入ってカバンだけ床に投げるようにして置くと、サンダルをつっかけてもういちど廊下に出て、洗濯機を覗き込んでいる小田島さんに声をかける。

「小田島さん」

「どうしました?」

小田島さんが洗濯機から顔を出す。

「……俺、音楽、……やめることにしましたよ」

「そうですか」

小田島さんの顔から一瞬だけ笑みが消えたのを俺は見逃さなかった。人の表情を読むこと、それは俺が得意なことのひとつだった。

「どうしたんですか？　ここまで頑張ってきたのに」

「さすがにね、俺もう30なんで」

「……そうですか。好きですけどね、吉田君の歌」

「俺の歌がですか？」

「はい。好きですよ。今までどう思ってたんですか？　好きじゃなきゃライブに行ったりしないですよ。わたしだってそんなに暇じゃありません。いや、暇ですけど」

「小田島さん、俺、わかったんです。俺にはたぶん飢えがないんです。やっとわかったんです。俺の歌には飢えがないから、きっと人の心の深いところにまでは届かないんです。それを続けていくのは、たぶんもう自己満足でしかないんです」

小田島さんはまた洗濯機の底を覗き、なにかを凝視している。そしてまた洗濯機の中に顔を突っ込んで、洗濯機の中から言う。

「飢えがなくちゃいけないんですか？」

小田島さんは洗濯機から顔を出し、そこで絡まっていたゴミを取り出して顔の前にかざすと、もういちど言う。

「飢えってなんでしょう？」

俺はその質問を予想していなかったので、小田島さんにさっき東龍でまとめた考えを話す。立ち話でするには長い話だったけど、勢いで始めてしまった話だ。最後まで話さないと気持ちが悪い。小田島さんは黙って俺の話を聞いてくれていた。

「そうですか……。残念ですけど、仕方ないですね。吉田君の人生ですもんね」

「小田島さんくらいですよ。そんなこと言ってくれるの」

「そうですかねえ。そんなことないと思いますよ。わたしのほかにも……。ほら、あの駅前で歌ってるときに必ずいる、いつもワンピース着てる女の子。あの子もきっと悲しみます。あの子にはちゃんと言った方がいいですよ」

そのワンピースの女の子は、俺が駅前で歌っているときにどこからともなくやってきて、ライブが終わるといつもそっと帰っていった。いつのまにかいなくなってしまうから、たいてい片付けをしているうちに見失ってしまって、まだいちども話したことはなかった。いつもワンピースを着ていて、そのワンピースから伸びる手足がとても長かった。くりっとした二重の目は森の奥の動物みたいにつぶらで、ぽってりとした唇はいつも少しだけ開いていた。俺の歌をどう思っているのか、その表情には動きがほとんどなかったから、感情がなかなか読み取れない。ただ、よく考えたら毎回聴きにきてくれているのだ。嫌な気持ちになってはいないだろう。

そう思うと、彼女に声をかけて、音楽をやめることを伝えなければと思った。小田島さんと彼女以外には歌を歌わなくなることを伝えるべき相手は思い浮かばなかった。

最後の日を決めてしまうと、思った以上にすっきりした気分だった。仕事もいつもよりはかどる気がしたし、友子にも会社の同僚にも今までよりやさしくなったような気がする。俺は駅前のライブまでに作る最後の曲を、ワンピースの彼女のために書くことにした。

変に感傷的になってはいけない。「自分の境遇にセンチメンタリズムを持ち込まない」。それは俺が今までの人生で自分に課してきたルールだった。淡々と、いつもどおり。そんなに大したことじゃない。ギターで最後の曲を作りながら、俺は自分に言い聞かせるようにライブまでの日々を過ごした。

月末最後の土曜日夜8時が、毎月の俺のステージタイムだった。俺の住んでいる町の駅のひとつ隣の駅。急行も停まるその駅の駅前にある小さなロータリー広場が、俺のステージだ。

9月最後の土曜日。いよいよその日がやってきた。その日俺は、朝起きてからずっとそわそわして、夜までなにをして過ごせばいいかまったくわからなかった。とりあえず朝ごはんを買いに行こうと外に出ると、小田島さんとばったり会った。

「おっ、吉田君。おはようございます。いい天気ですね。よかったです」

「……はい」

「いつもどおりですよ。大丈夫。先のことは先になってから考えたらいいんじゃないでしょうか」

小田島さんはそう言って笑って階段を降りて行く。Tシャツの胸にはローリング・ストーンズのベロを出した唇のマークが、俺になにかを語りかけるようにでかでかとプリントされていた。

なにもしないうちに夜になり、家を出る時間になった。俺はギターケースを持って立ち上がり、部屋を出て玄関の鍵を閉める。帰ってくるのはきっと11時くらいになるだろう。大学に入学してからずっと、俺はロックンローラーになりたかった。ロックでいること。ロックをすること。それだけが俺の求めていることだった。でも帰ってきたときは、俺はもうロックンローラーじゃない、ただの吉田真之介だ。

土曜日の夜のアパートはひっそりと静まり返っていた。みんなどこかでそれぞれの土曜日を過ごしている。そんなあたりまえのことに勇気づけられながら、俺は家を出る。感傷的にならないようにと思いながらも、俺はずいぶんと感傷的なことを思っていた。

「今日までお世話になりました。気持ちよく場所を使わせてくれて、ありがとうございます」

駅の事務室の中で、駅長の加茂《かも》さんに挨拶をする。加茂さんは月に1回この場所を俺に無償で提供してくれて、それればかりか俺のことを応援していてくれた。ＣＤだって買ってくれた。俺が言うことじゃないけど、なかなかできることじゃない。

「吉田君、本当に最後なの？」

「はい。最後です」

「そうか。残念だな。いい曲だったのにね。吉田君の歌。ほら、あのいつも最後に歌うやつ、あれ好きだったな」

「駅長、聴いてたんですか？」

「あたりまえじゃない。そりゃ聞こえるよ」

やめると決めてそれを口に出すと、自分の曲が誰かに届いていたことがわかりはじめた。皮肉なものだ。小田島さんも、加茂さんも。でも、そういうことなのかもしれない。人はなにかの渦中にいるときは、なかなかその実態をつかみきれないものなのだ。

「じゃ、加茂さん、行ってきます」

「うん。悔いのないようにね」

ギターケースを抱えて事務室のドアを開けようとすると、部屋の中にいた数人の駅員さんたちから拍手が起こった。俺は驚いて振り返る。月に1回だけど5年間も通っていると、名前は知らないけれど見知った顔ばかりだった。みんなが笑顔で俺のことを見送ってくれた。俺はこみ上げてくる涙をこらえ、深くお辞儀をする。

さあ、最後のライブだ。背中のドアを閉めて俺は歩き出す。

ロータリーの花壇の脇にある大きな金木犀《きんもくせい》の木にオレンジ色の花が満開で、夜になって昼間よりさらに強い匂いを放っていた。どうして金木犀の花は夜になると香りが強くなるんだろう。

広場の端にケースを置いてギターを取り出す。遠くに小田島さんがいるのが見えた。やっぱり小田島さんは聴きにきてくれたのだ。俺は小田島さんに手を挙げる。小田島さんの隣には7号室の露草さんと、スーツ姿の9号室の多田《ただ》さんがいた。露草さんがにっこり笑って腰の辺りで小さく手を振ってくれる。

ギターの弦をチューニングしながら歌う準備をしていると、改札を走り抜けてロータリーへやってくる人がいる。それは3号室の矢野だった。そうだ、矢野もロックが好きだったな。小田島さんはハイツひなげしの住民に声をかけてくれていたようだった。こんな土曜日の夜に、俺の最後のライブが寂しくならないよう、小田島さんがみんなを集めてくれたのだ。

演奏を始めると、駅の事務室から加茂さんが数人の部下を連れて出てきて、人の輪に加わった。ロータリーの向こうの道を挟んだ場所にあるよつば書店から、1号室の丸山さんが店の前で俺の歌を聴いてくれていた。たぶんレジを離れられないのだろう。でも俺にはその姿がはっきり見えた。改札の前では、10号室の香田さんが白いゴミ袋とゴミ拾い用のトングを持った右手を挙げてくれた。なんだ、ハイツひなげしに住んでいる住民がたくさんここにいるじゃないか。

俺はひとつ息をする。そして歌い出す。それは大学生になって初めてギターを持って、最初に自分で作った歌だった。頭の中に足立がにっこり笑ったときのあの顔が浮かんだ。足立のアパートでFのコードが押さえられなくて苦労していた俺に、根気強くギターを教えてくれた足立の優しさと、あの6畳の狭い部屋のことを思い出す。俺は目を閉じて思う。音楽よ今までどうもありがとう。足立、ありがとな。お前は今どこでなにをしているんだろうな。ちゃんとサヨナラも言えなかったな。お前の方がずっとロックで、俺はホントにただの痛いやつだよ。

でもなんにせよ、こうやって人前で歌うのは最後だ。後悔のないように歌うんだ。

ワンピースの女の子は、こんな日に限ってやってこなかった。今日で最後ということは、もう彼女には会えないかもしれない。最後の曲は彼女のために作ったのに、どうやらそれも披露することなく終わりそうだった。

演奏が終わる時間が近づくにつれ、俺は今までに感じたことのない感覚になっていた。それは自分でも思ってもいなかったことだった。俺はライブの間中、そのワンピースの彼女の姿を探していた。彼女に今日のライブを聴かせられなかったら、歌うのを終わらせられないじゃないか。俺はそこにいないワンピースの彼女のことをひたすら思った。自分の歌を本当に聴いてほしい人に聴かせられない悲しみのようなものが、俺の胸を締め付けていた。

最後のライブなのに、俺は悲しみの中で歌っていた。名前も知らない女の子のことが頭から離れない。それでも時間は容赦なく過ぎていった。俺は目を閉じて、その場にいない彼女のために歌った。

気がつくとロータリーには、足を止めて俺の歌を聴いてくれる人で人だかりができていた。今まで歌ってきた路上ライブで最多の動員数だった。

「今日の歌、今までで最高に、なんか胸にずしんと響きました。吉田君」

東龍のテーブルで、小田島さんが俺にビールを注ぎながらそう言ってくれた。演奏が終わると、小田島さんはみんなを連れて東龍にいるからと言ってひと足先にいなくなった。あと片付けをしながらも、俺は彼女の姿をずっと探していた。結局彼女はやってこなかった。

皮肉なものだ。みんなには申し訳ないけど、俺は今日ずっとその場にいない人のことを思いながら歌っていた。その歌が別の人の胸にずしんと響くなんて。冷たいビールを飲みながら、俺はそんなことを考えていた。

「久しぶりに聴いたけど、吉田君、なんか色っぽくなったよね。今日の歌、すごくよかった」

露草さんも頬を赤らめながらそんなことを言い出した。店には小田島さんと露草さんと矢野がいた。3人とはアパートですれ違うことはあっても、こうやって一緒にテーブルを囲んで飲むなんて初めてのことだった。これも歌がつないでくれたものかもしれない。テレビのスポーツニュースの中日の結果が気になって仕方ない様子の小田島さんをぼんやり見ながら俺は思った。だいたい東京に住んでいながら中日ファンっておかしくないか？

そのときはっと気がついた。俺の歌に欠けていたのは「飢え」なんかじゃなかったのかもしれない。カッコつけて飢えなんて言っていたけれど、俺に欠けていたのは「恋」だったのかもしれない。ロックは「孤独と退屈と恋」だって誰かが言っていた。そして俺はいつだって孤独と退屈は満たしていた。そこになかったのは恋じゃなかったか。

俺は立ち上がる。みんながびっくりして俺を見る。

「どうしたんですか？　急に真剣な顔して」

「すいません。すぐ戻ってきます」

俺はそう言うと、立て付けの悪い中華料理屋のドアを勢いよく開けて外に出て、さっきまで自分が歌っていた駅前の広場に走る。

そこにはワンピースの彼女がいた。彼女はそこにひとりでただ立っているだけだった。

彼女は俺に気づく。そして初めて安心したように笑う。それは俺が初めて見る彼女の笑った顔だった。

彼女は笑ったままひと粒だけ涙を流した。彼女の大きな目からこぼれる涙は、びっくりするくらい大粒だった。それは笑顔のままの彼女の頰を流れていった。

「駅員さんに聞きました。もう歌わないんですね」

「……」

「今日、どうしても都合がつかなくて聴けませんでした。最後だって、知らなかったから……」

「……はい。最後って思ってました。でも、前言撤回します。もう1回歌うんで、ちょっとだけ待っててください。ギター持ってきます」

彼女は涙を拭いて、静かに目を閉じて大きく息をひとつだけすると、頷《うなず》いた。

「はい。お願いします。ここで待っててていいですか？　あなたの歌が、とっても好きです」

俺は東龍に向かって走り出す。もしかしたら俺は、もっともっといい歌を歌えるかもしれない。まだ書いたことのない曲を書けるかもしれない。「孤独と退屈と恋」。誰が言ってたんだっけ？　思い出せないや。

東龍のドアを勢いよく開けて、俺は大声で3人に言う。

「アンコール歌ってきます」

露草さんと矢野はきょとんとした顔をしている。小田島さんがビールグラスを顔の高さに上げて笑って言う。

「行ってらっしゃい。アンコールなんだからいちばんいい曲を頼みますよ」

俺はギターケースを手に持ってドアを開けると、再び駅に向かって走り出す。

7話

9号室 多田良雄《よしお》（28歳 会社員）

「ふじ屋ハイボールズ」は、駅前の居酒屋「ふじ屋」に集まった常連客で構成された草野球チームで、創部30年以上が経つ歴史のあるチームだった。居酒屋オーナーの富士見《ふじみ》さんが監督としてチームを率いているが、日曜日の試合はだいたい二日酔いで、ベンチに座って采配を振っているふりをしながら寝ていることもしょっちゅうだった。

そのふじ屋ハイボールズが今、存続の危機を迎えていた。メンバーの引っ越し、子どもができた、離婚前の調停で忙しい、そんな個人的なんやかんやが集中して、なかなか日曜日に人数が集まらなくなってきたのだ。

でもこれはハイボールズだけでなく、東京中の草野球チームが直面している問題のようだった。世の中がいつのまにか複雑になっていて、人が週末にやることが増えているのかもしれない。毎年大会に参加しているチーム数は年々減少していた。

あたりまえのことだけど、野球は9人いないとなりたたないチームスポーツだ。8人集まっても、9人目がいなければ不戦敗になる。せっかくの日曜日の早起きも、それで台無しだ。それでも俺らは人数が集まらないときにも全員で手分けして助っ人をお願いしながら、いつもぎりぎりでなんとか人数を揃えて、春と秋、毎年2回の大会に出場していた。

ただ、今回の今回は、さすがに不戦敗を覚悟しなくてはならないかもしれない。

春の大会の初戦は春休みも始まった4月最初の日曜日の早朝。いつもだったら来てくれる助っ人たちも、さすがにその日は家族サービスやら旅行やらで誰も捕まらなかった。大会の参加費は春と秋の2回の出場で3万円だった。このままでは部費で払っている、なけなしの1回分の参加費1万5000円をドブに捨てることになるかもしれない。

「まあ、それならそれでも仕方ないか」

俺はひとりごちる。もう金曜日だ。諦めよう。そもそも大会に出てもハイボールズが勝てる可能性は限りなく低いし、試合がないならないで、日曜日は昼までゆっくり眠れるのだ。

ふじ屋ハイボールズの中で学生時代に野球を経験しているのは、28歳の俺と35歳の井《い》出《で》さん、それから43歳の小金沢《こがねざわ》さんの3人だった。

それでも5年くらい前は野球経験者が今より揃っていて、大会でいいところまで勝ち進んだこともあった。しかし経験者に限って、年を追うごとにチームを離れていった。

28歳の俺が高校3年生のときに甲子園に出たのも、気づけばもう10年も前の話だ。草野球の世界には次から次へと生きのいい若手が入ってきては、数年で消えていく。日曜日の過ごし方は人それぞれだ。考えてみれば、ひとつの草野球チームが30年以上続くこと自体が奇跡みたいなものだった。


でも俺は6歳から野球を始めて、ここまで22年間野球を続けてきたなかで、このふじ屋ハイボールズがいちばん居心地がよかった。

このチームには、甲子園に出ることがすべてだった高校時代に経験した、他人を蹴落とすようなレギュラー争いもないし、バントやエンドランみたいな作戦もほとんどない。みんながみんな来たボールを打つ。走る。それだけ。実にシンプルだ。

自分が打って勝つよりも、チームの仲間のオヤジが練習に練習を重ねて、不格好なフォームで打ったポテンヒットのタイムリーで勝つことの方がぜんぜん嬉しいだなんて、俺は今まで考えたこともなかった。20年以上も野球をやっていて、28歳になってやっとこさ野球が楽しいって感じるなんて、今までの指導者は俺になにを教えてくれたんだという気持ちになってくる。

それはひとえに、監督の富士見さんの存在が大きかったと思う。富士見さんはもう60歳を超えているけど、本当に野球好きのおじさんだった。みずから試合に出てヒットを打てば、1塁ベース上で子どもみたいに嬉しそうに笑うし、試合に勝てばそれが練習試合だろうと大会だろうと大喜びだった。俺がこのチームで最年少だということもあって、平日も仕事の帰りにふじ屋に寄ると、いつも富士見さんはひとり暮らしの俺に晩ごはんを食べさせてくれた。

洗濯機をまわそうと廊下に出ると電話が鳴る。ハイボールズの先輩の井出さんからだった。

「多田?」

「はい。井出さん、日曜日の大会、今回は厳しそうっすね。もうさすがに助っ人頼める人いないっすよ」

「多田……あのな」

「はい？　どうしました？」

「……監督、富士見さん、癌が見つかったんだ」

「癌？」

「ああ、今奥さんから電話で聞いた。来週から入院らしい。監督にはまだ知らせてないそうだ」

「試合どころじゃないですね……」

「しかもその癌、もうだいぶ転移してるらしいんだ。入院したら、退院は難しいかもって」

「えっ？　それって」

「ああ。正直かなり厳しいみたいだ……」

「……そんな」


「多田、大会……」

「井出さん、大会、なんとしても出ましょう」

「多田……」

「助っ人は俺がなんとかします。ハイボールズは富士見さんのチームだ。不戦敗が最後なんてないでしょう」
電話を切ったものの、助っ人のあてなんてどこにもなかった。あんなに元気な富士見さんが癌だなんて。今週の水曜日に俺に賄いを食わせてくれたときも、開幕カードの阪神戦で巨人の岡本が見事に失投を打ち返したスリーランホームランの話をあんなに嬉しそうにしてくれたのに。

いつも助っ人を頼んでいる会社の同僚にもういちど連絡してみるという手も考えたが、可能性は薄かった。スマートフォンのアドレス帳を覗き込みながら、俺は自分の友達の少なさを呪った。でも不戦敗だけは絶対に避けなくちゃならない。打てなくてもいい、守れなくてもいい、いてくれるだけでいい。立ってるだけでいい。なんにも期待しない。俺たちに試合をさせてくれるだけでいい。

そこにちょうど隣の8号室に住む小田島さんが、階段を上がって帰ってきた。
「おっ、多田さんこんばんは。どうしましたそんな深刻な顔して。洗濯機でも詰まりましたか？」

「小田島さん」


小田島さんは確か隣町の遊園地で働いていた。俺たちはすれ違うと挨拶をするくらいの仲だったけど、ハイツひなげしというこのアパートは洗濯機が廊下にあるので、ときどき顔を合わせていた。小田島さんはTシャツにジーンズのいつもの格好だった。


「小田島さん、あの、今度の日曜日って暇ですか？」

「日曜日？　ですか？」

「はい。日曜日です」

「日曜日は仕事ですねえ」

「そうですよね……。すみません、急に」

「どうしたんですか多田さん、急に」


俺は状況をかいつまんで説明した。急にそんなことを言われても小田島さんが困るのはわかっていたけど、富士見さんが癌だという事実を聞いたあとで俺はどうにも気持ちが動揺していたし、小田島さんだったら話していいような気がしたのも事実だった。

「その時間なら、わたし行けますよ」

「えっ？」

「11時に試合が終わるのなら、行けます。わたしの仕事は午後からですから。ただ戦力にはならないですよ」

「ほんとですか？」

「ほんとです」


翌日の土曜日、俺と小田島さんは隣町のバッティングセンターにいた。

「小田島さん、肩に力が入っているからその分スイングが鈍くなっちゃってます。バットを待つ右手は傘を持つイメージです。肩の力を抜いて。傘をさすときって、ぜんぜん肩に力が入ってないでしょう？　あの感じです」

野球をするなら練習がしたいと言い出したのは小田島さんだった。俺たちは挨拶以外ろくに話したこともなかったけど、日曜日の試合に今できるベストの状態で臨みたいというお互いの気持ちが揃っていた。
小田島さんは中学まで野球部だったそうで、戦力外どころかなかなかの運動神経だった。俺たちはバッティングセンターのケージの後ろで順番を待ちながら、出会ってから初めて、お互いについてゆっくり話をした。

小田島さんの仕事は隣町の遊園地のヒーローショーの着ぐるみの中の人だった。その着ぐるみを着てヒーローの役をしているそうで、上半身にも下半身にもキレイに筋肉がついていた。世の中には本当にいろいろな仕事がある。

小田島さんはほんの少しのアドバイスで、30分もすると100キロのマシンを少しずつ打ち返せるようになった。運動神経がいい人というのは、なにをやっても飲み込みが早い。

「多田さんは、その監督さんのことが好きなんですね」
隣のケージから小田島さんが俺に話しかけてくる。俺は120キロのマシンに対しながら答える。

「はい。俺は親父が小さいときに死んじゃったから、ときどき監督がなんだか親父みたいな気分になるんです。野球が好きなところなんてそっくりで」

「そうですか。じゃあ勝たなくちゃですね。明日」

「いや、ありがたいですけど、でもたぶん勝てないですよ。俺たち相当弱いですから。大会で最後に勝ったのなんていつだっけな」

「……そうですか」


気がつくと小田島さんはマシンの球速を上げてバントの練習をしていた。そして小田島さんはびっくりするくらいバントがうまかった。


「小田島さん、うまいですね。バント」

「はい。中学のときは2番バッターでした。巨人の川相が好きでね。バントだけは得意でしたよ。試しにやってみたら、どうしてこれが体が覚えてるもんですね、今でもバントなら試合でもできそうです」

そう言って小田島さんは笑いながら、120キロの速球を次々にバントで目の前に転がしていた。

大会当日の日曜日の朝、グラウンドに集まったふじ屋ハイボールズのメンバーは、小田島さん、監督の富士見さんを入れて、みごとに9人ぴったりだった。誰かが怪我でもしたら即そこで試合は終了。ぎりぎりの崖っぷちだ。

富士見さんの病気のことを知っているのは、井出さんと俺、そして小田島さんの3人だけだった。色褪せて年季の入った30番の背番号のユニフォームを着た富士見さんを見ていると、富士見さんが癌だなんて信じられなかった。富士見さんはいつもとぜんぜん変わらない。洗濯のしすぎで剝がれかけたユニフォームの胸のマーク、のびのびのストッキング。いつもどおりだ。ぜんぶ悪い冗談だったらいいのに。井出さんもきっと同じように感じているはずだ。

「こちらは小田島さん。多田のアパートの先輩。今日は多田が無理言って頼んで来ていただいたんだ。小田島さんありがとう。おかげで不戦敗にならなくてすみましたよ」

富士見さんが小田島さんを紹介する。小田島さんはいつもの人懐っこい笑顔でみんなに挨拶をしている。今日来ることができなかった下山《しもやま》さんがいつも着ている41番のユニフォーム姿もなかなかさまになっていた。

試合はハイボールズの自称エースの目白《めじろ》さんが、粘りの投球で相手をゼロに抑えていた。相手は大学のサークルからずっと一緒のメンバーの、よくあるパターンの社会人チームだった。

しかしたいていこういうなりたちのチームは、5年くらいでいつのまにかなくなっていく。そういうチームを俺たちはたくさん見てきた。草野球の世界は学生のノリでは生きていけないのだ。そして彼らのような若くて血気盛んな若者は、目白さんのようにいつまで経ってもボールがホームベースにやってこないスローボールが打てないものだった。

2チームの実力差がかなりのものだということは誰が見てもあきらかだったが、目白さんはのらりくらりと相手打線を抑えていった。

かといって俺たちにこのあいだまで大学生だったピッチャーの豪速球を打てるはずもなく、試合は0対0のまま進んでいった。ハイボールズのおじさんたちはほとんど相手ピッチャーの球を芯で捉えることができず、6回を終わっていまだノーヒットだった。ランナーはフォアボールとデッドボールのふたりだけ。唯一真芯を捉えた4番の井出さんの当たりもセンターの好捕に阻まれた。

こんなに野球の試合に勝ちたいと思ったことは、もしかしたら初めてかもしれない。ベンチに座りながら俺はぼんやり考える。小学生のときも中学生のときも、ひたすら甲子園を目指していた高校生のときも、俺という人間の中にはいつも諦めの心があった。俺が打てなくて負ける、誰かが打てなくて負ける、ぜんぶ仕方ないじゃないか。相手だって自分たちだって、みんなが勝とうと思ってやっているんだ。それで勝てないなら仕方ないことだろう。俺の中にはそういう気持ちがいつもあった。そういうふうに心で考えている根本的なことは必ず人の行動や態度に出るものだ。だから最後の最後のところで、粘り強さや闘争心の足りない俺のことを監督が物足りなく感じているのが、俺にはいつも伝わってきていた。

でも今日の俺は違った。いまだに信じられないけれど、きっと富士見さんは今日の試合が最後で、もしかしたらもう二度とユニフォームを着られないかもしれない。30年間以上、ただただ野球が好きで、ハイボールズをなにより大事にしてきた富士見さん。これがその富士見さんの最後の試合になってしまうとしたら、この試合を絶対に負けで終わらせたくはなかった。

俺はいつものらりくらりとしているチームのメンバーがもどかしかった。でもそれも無理はない。俺だっていつもはそうなんだ。今日負けたってまた来週練習試合がある。大会は春と秋の2回ある。勝っても負けてもたいして変わらない。楽しければいいのだ。それはほかでもない富士見さんの教えだった。勝つことよりも、負けることよりも、日曜日の野球を楽しむ。それは富士見さんが俺たちに教えてくれたことだった。十何年か前、中途半端に強くなったハイボールズが、勝ちに固執するあまり空中分解をしそうになったことがあると、いつだったか富士見さんが酔っぱらって、ふじ屋のカウンター越しに俺に話してくれた。

「野球は楽しくやるもんだ。多田」

最終回の7回の表、目白さんはついに捕まり、相手に1点の先制を許してしまった。それでも今日の目白さんはよく投げた方だ。試合開始のときには、このチーム相手だったら5点は取られても仕方ないと俺は思っていた。

7回の裏、守備から戻ってきた俺たちを富士見さんがベンチ前に集合させた。ハイボールズが円陣を組むなんてほとんどないことだった。いや、ほとんどじゃないな。俺が知る限り初めてだったかもしれない。監督は監督なりになにか感じるものがあったのだろう。でも円陣で俺たちを集めて監督が言った言葉は戦略の指示ではなかった。

「小田島さんがせっかく日曜日に来てくれたんだ。6番の小田島さんを2打席で終わりにするか、誰かひとり塁に出て3打席打って帰ってもらうか、負けてもいいからクリンナップの意地を見せてくれよ」

7回裏は3番の俺からだった。3番の俺か4番の井出さん、5番の小金沢さんの誰かが塁に出れば確かに6番の小田島さんに打順が回ってくる。しかしバッティングセンターの練習むなしく、小田島さんは2打席とも相手の速球とスライダーのコンビネーションに手も足も出なかった。そういう俺もここまでのところ、完全に相手に押さえ込まれていた。

最後のチャンスだった。ここで1点取れなかったら男じゃない。俺と井出さんで絶対に1点取るんだ。それしか勝つ道はない。俺は思う。珍しく、自分が熱くなっているのがわかった。

「井出さん、俺がなんとか塁に出ます。キャッチャーはたいしたことないから、塁に出れたら初球に盗塁します。絶対得点圏で井出さんにまわしますから井出さん、なんとかしてください。ヒット1本」

井出さんは真剣な顔で黙って頷く。俺は井出さんに握りこぶしを見せる。井出さんはその握りこぶしに自分の握りこぶしをぶつける。元巨人の原監督おなじみのグータッチだ。

俺は振り返ってバッターボックスに向かう。そのときベンチから小田島さんが出てきて俺を呼び止めた。

「多田さん〜」

俺は振り向く。

「多田さん、リラックスですよ。集中するのと肩に力を入れるのは違います。傘をさすイメージです」

俺ははっと我に返る。小田島さんが傘をさすまねをしていたずらっぽく笑う。確かに今の俺は肩に力が入っていた。小田島さんにはそれがわかったのだ。俺は小田島さんに頷く。

最初の打席は、ストレートで追い込まれてスライダーで三振だった。スライダーを狙いにいった次の打席は、踏み込んで打ちにいったところを、まったく頭になかったツーシームが来てボテボテのサードゴロ。真っすぐとスライダーだけなら3打席目に対応できる自信があったが、ツーシームがあるとなると話は別だった。厄介なのはインコースに入ってくるツーシーム。この球を狙っていくのか捨てるのか、勝負はそこだった。

ベンチから打席に向かって歩きながら、俺は必死に迷いを振り払う。さっきのツーシームの残像は、まだ俺の中にはっきりとあった。おそらく相手ピッチャーにも手応えがあったボールだろう。その残像が俺に与えていた迷いを捨てなくては。頭を使え。バカはバカなりに考えるんだ。俺ならどう攻める。バッターボックスに入るのに、こんなに集中したのはいつ以来だろう。

審判に挨拶をして打席に入り、左手でピッチャーの動作を制して、俺はボックス内の砂をスパイクでならす。それは俺のルーティーンだった。いつもどおり。俺は大きく息を吐いて肩の力を抜く。そうだ。傘をさすように。

相手投手もあきらかにばてていたし、間違いなく3番の俺のことを警戒していた。球速はたいして変わらなく見えても、球威は確実に落ちている。小生意気そうな顔から余裕が消えている。俺はそれを見て「打てる」と思う。勝負は打席に入った瞬間から始まっている。それが野球だ。俺は左手でバットを時計と逆回りに1周させ、両肘を高く上げる、小学生の頃からもう何万回も繰り返してきた動作で、落ち着いてタイミングを計る。

ピッチャーが振りかぶり、きれいなフォームから腕を振り下ろす。俺は左足を大きく上げて、アウトコースに踏み込む。狙いは初球のスライダー1本。この読みが外れたら、たぶんこの勝負に俺が勝つ可能性は限りなく低くなるだろう。

そして俺はその勝負に勝つ。狙いどおりにアウトコースにスライダーが来る。少し抜けたボールは、むしろ少し真ん中寄りに入ってくる。あきらかに失投だった。俺は肩と膝を開かないように気をつけながら左足を親指から地面に落とす。そしてスライダーが曲がるのを待ち、曲がり切った瞬間右中間の方向に向けてバットを振り切る。

手応えは充分だった。いい角度でバットにボールが乗った感触が手に残る。打球はライトとセンターの真ん中に飛んでいく。

「いけ、入れ！」

俺は叫びながら走り出す。スタンドまで届いちまえ。入れば同点だ。絶対に負けられないんだ。頼む、入ってくれ。ファーストベースを蹴ったときに、打球がフェンスの最上段に当たるのが見える。もう少しのところでボールはフェンスを越えなかった。俺は歯を食いしばって全力で走る。2塁ベースの前で3塁ベースコーチの山越さんを見ると、山越さんは口を開けたままアホみたいに必死の形相で右手をぐるぐる回している。ボールを振り返っている暇はない。俺は山越さんを信じて躊躇なく2塁を蹴る。ボールが返球されてくる。クロスプレーだった。俺は3塁ベースに向けてヘッドスライディングをする。それは無意識だった。砂煙が舞う。長く野球をしてきたけど、考えてみればヘッドスライディングなんて今まで一度もしたことがなかった。

「セーフ!!」

審判の声が聞こえる。俺はベースに抱きついたまま、拳でベースを3回叩く。嬉しかった。久しぶりにこんなに嬉しかった。ホームランまであと少しだったけど、上出来だ。ノーアウト3塁。

顔を上げるとベンチは総立ちで、みんなまるで勝ったみたいな喜びようだった。監督が両腕を上げて俺に向かってガッツポーズしていた。満面の笑みだった。

「富士見さん……」

俺は上を向いて涙が出そうになるのをこらえる。

バッターボックスに井出さんが歩き出す。井出さんはチームの4番、大黒柱だ。このチームで10年4番を張っている大先輩だ。平日にふじ屋で会うと下ネタしか言わないただのスケベおやじなんだけど、俺たちは何度も井出さんの一打で試合に勝たせてもらっていた。

「井出さん！」

ベンチのみんなからの声援が飛ぶ。俺は祈るように井出さんを見つめる。

決め球はフォークだった。

相手のバッテリーは、ここまで来てまだ1球も投げていないウイニングショットを持っていた。完全に相手の方が1枚上手だった。ストレートにめっぽう強い井出さんに対してストレートは1球も投げず、スライダーの連投でファールを打たせ、最後にその落差のあるフォークが来た。井出さんのバットはむなしく空を切った。

ベンチが一気に沈む。5番の小金沢さんもフォークであっけなく三振だった。さっきまでの押せ押せムードを一気に鎮めるだけのインパクトのある決め球だった。3塁ベース上からもそのフォークの落差ははっきりと見てとれた。このボールを最終回まで使わないなんて、俺たちも舐《な》められたもんだった。

ツーアウト3塁。打席には小田島さんが向かっていた。小田島さんは1打席目のストレートにも2打席目のスライダーにも、まったくタイミングが合っていなかった。それもそうだ。30年近くもブランクがあって、たった1回のバッティングセンターでアジャストできるレベルのピッチャーじゃない。

神様、仏様、なんでもいい、どなた様でもいい。なんでもするから、小田島さんにヒットを打たせてくれ。ポテンヒットでいい、なんなら相手のエラーでもいい。俺をホームに返してくれ。負けるわけにはいかないんだ。

2球続いたスライダーを小田島さんは空振りした。ここでストレートを投げてこないところにバッテリーのうまさが出ていた。まぐれや出会い頭という可能性をつぶす配球だった。

小田島さんは審判にタイムを要求してバッターボックスを外す。そして肩を上げて大きく息をすると、3塁ベース上にいる俺を見る。俺と小田島さんの目が合う。おとといまでアパートの廊下ですれ違うだけだった知り合いと、俺はそこで言葉を使わずに会話する。

小田島さんは俺から目を離すと、その場で素振りを2回する。それはとても野球経験者とは思えない、力任せの不細工なフォームだった。

審判に促されて小田島さんが打席に戻る。小田島さんの素振りを見たピッチャーは薄笑いを浮かべて、勝利を確信したような表情を見せる。

ピッチャーが投球フォームに入った瞬間、小田島さんはバントの構えをする。誰も予想しない無謀なスリーバントだった。俺はそのストレートがストライクゾーンに投げ込まれるのを確認して、地面を蹴ってホームに向かって走り出す。ここに来てバッテリーの若さが出た。最後に力でゲームを締めようと投げ込んだストレートが来たのだ。小田島さんはそのスピードのストレートならバントできる。

勢いを殺したいいバントが3塁線に転がる。俺はホームにすべり込む。虚をつかれたピッチャーが慌ててマウンドを駆け下りてボールを素手でつかむ。それでもそれはみごとなフィールディングだった。

小田島さんは必死に走る。43歳のおじさんの必死のランだった。俺はホームベースの上から41番の背中に向かって叫ぶ。

「小田島さん、走れ！」

小田島さんの倒れ込むようなヘッドスライディングと、ピッチャーの矢のような送球が1塁ベース上で交錯する。砂埃が舞う。一瞬の静寂がグラウンドを包んだ。

「アウト！！！！！！」

審判が無情の声を発して右手を上げる。小田島さんががっくりうなだれて悔しそうに地面を叩く。

「さー、着替えて飲みに行くか。惜しかったなあ。次は秋だ」

球場の外に出て駐車場で試合後のミーティングを終えると、富士見さんは言う。ハイボールズのメンバーも笑いながら今日の試合を総括している。いつもの日曜日の、いつもの風景だった。球場の駐車場には桜の木がたくさんあって、ピンク色の花を満開に咲かせていた。太陽が昇って空の色がだんだん澄んだ水色に変わり、今日もいい天気になりそうだった。

「どうした、多田。珍しいな。いつもはお前がいちばんあっさりしてんのにな。勝っても負けても」

みんなが笑う。

「多田さん、おつかれさまでした」

「小田島さん」

小田島さんがユニフォームを脱いで裸になり、Tシャツに着替えながら俺に言う。

「わたしの足がもう少し速ければ同点でしたね」

「……小田島さん、ありがとうございました。来てくれて。試合ができました」

「残念です。悔しいですねえ」

「……はい」

「多田さん、みんなと飲みに行かなくちゃダメですよ」

俺の心を見透かすように、小田島さんが笑う。


「……でも」

「いつもどおり、です」

「いつもどおり?」

「はい。いつもどおりです。監督はいつもどおりでしょう?」


「小田島さん」

「はい?」

「ありがとうございました。俺、行ってきます」

「はい。いってらっしゃい。多田さん、たぶん、監督さんは知ってますよ。ご自分の病気のこと」

「えっ?」

「いや、わかりませんけど、わたしにはそう思えました」

「……そうですか」

「多田さん、勝つことや負けることより、大切なことがありますね」

「……小田島さん」

「監督さん、とても嬉しそうでした。最終回に多田さんが3塁打を打ったとき、ベンチで本当に大喜びでしたよ。ここでスライダーを狙ってたのかって驚いてました。さすが多田だって」

スライダーを捉えた感触は俺の手にありありと残っていた。下手なヘッドスライディングで擦《す》りむいた膝の傷の痛みも。俺は3塁ベースの上で見た監督のガッツポーズを思い出す。ヒットを打って嬉しいとか、野球が楽しいとか、そういうシンプルなことを俺は忘れていたのかもしれない。勝つことにも負けることにも執着しないようにしていたら、楽しむことまで忘れてしまったのか。もちろん野球は嫌いじゃない。でももう俺には野球があたりまえすぎたのかもしれない。富士見さんは俺に野球というものをもう一度教えてくれたのだ。

「小田島さん、小田島さんも一緒にどうですか？　飲み会」

「ありがとうございます。でもわたしは午後から仕事があります」

「そうか。そうでした。すみません」

「いえ。今日は楽しかったです」

「……小田島さん」

「はい？」

「ありがとうございました」

「わたしの方こそ、本当に楽しかったです」


そう言うと小田島さんはチームのみんなに挨拶をして、ひとりで帰っていく。午後になったら小田島さんは隣町の遊園地のヒーローになる。子どもたちが小田島さんのことを待っている。それが小田島さんのいつもどおりの仕事だ。小田島さんには小田島さんにしかできないことがある。

俺はヒーローの背中が見えなくなるまで見送る。駐車場の大きな桜の木に風が吹いて、薄紅色の桜吹雪が小田島さんにふわっと降り掛かった。それはまるでドラマのワンシーンのようだった。

小田島さんは球場を出て道を曲がるときに振り返る。そして俺が見ているのに気づくと、その場所で傘をさす仕草をして、にやりと笑う。

「いつもどおり」

俺は声に出して、大きく息をひとつする。富士見さんは今日もいつもどおりの監督だった。野球が楽しいってことを、今日も俺に教えてくれた。それなら俺も、俺のいつもどおりを生きるしかない。

それに日曜日はまだたっぷり残っているじゃないか。

8話

4号室（2月で退居）

葛西沙織《かさいさおり》（23歳 会社員）

引っ越し当日になっても部屋の中がこんな状態でぜんぜん片付いていないということは、やはりわたしは引っ越しなんてしたくないのだと思う。

引っ越すことが決まったのはずいぶん前だし、時間はそれこそ充分あった。そもそもわたしの部屋には荷物なんてほとんどない。女の子らしいクローゼットもベッドもないし、化粧台すらなかった。ただ本だけはたくさんあった。昔から本を読むことだけは大好きだったのだ。それも女の子が読むような甘いものではなくて、太宰だの芥川だのちょっと暗いやつ。だから知らない人が見たらこの部屋には男性が住んでいると勘違いをしただろうと思う。

駅前のレンタカーを朝の8時に予約してしまっていたので（どうしてそんなに早い時

間にしたのか)、荷物をまとめる手をいったん止めて、わたしは急いで部屋を出る。

3月がもうすぐやってこようとしているのに、底冷えのする寒い日だった。かじかむ手に息を吐きかけ、わたしは空を見上げる。それは誰かが絵の具で塗ったみたいに真っ青だった。

駅までの道を歩きながら、わたしはたった1年しか暮らさなかったこの町に自分が愛着を感じていることに驚いた。細い路地では、沈丁花《じんちょうげ》の花がもうすぐやってくる春を予言するように強い香りを放っている。

思えばこの町には季節の花がずいぶん咲いていた。沈丁花、花水木、桜、木蓮、夾竹桃《きょうちくとう》。私の好きな花のほとんどが、駅までの道に咲いていた。この町にやってきたのがちょうど去年の2月だったから、季節がひとまわりしたことになる。

蒲郡《がまごおり》の実家から通っていた名古屋の大学を卒業後、わたしは上京して、東京で就職した。新宿にある小さな校正の会社だった。本当はどこか出版社に入りたかったのだけど、どの出版社の就職試験でもわたしは採用をもらうことができなかった。

それでも諦めきれなかったわたしは、こんどは編集プロダクションや印刷所、校正会社など、とにかく本を作る仕事から離れないような場所に就職しようと思い、なんとか今の会社に潜り込んだ。

そんな具合で、わたしにとって腰掛けの気持ちが少なからずあった会社にもかかわらず、いざやってみると校正の仕事は奥が深く、やりがいを感じることが多かった。文章というものが正しい道を辿ってしかるべき着地点に到達するのを見届けるのは、とても楽しいことだった。きっと校正の仕事は、性格的にもわたしに向いていたのだと思う。

朝出勤して、その日チェックするゲラを確認する。ゲラというのは本になる前段階の紙で、そこにはすでにその文章を書いた人の原稿が本のデザインの上に流し込まれている。その会社でわたしは主に小説を担当する部署に配属になった。結果的に物語を読むことが毎日の仕事になったのだ。幼い頃から小説を読むことが大好きだったので、わたしはその配属を喜んだ。

しかし読むという行為は同じでも、小説を読むことと、小説を校正することはまったく違っていた。読むことがその物語に同化する行為だとすれば、校正というのはその物語を徹底的に客観視することだった。文章の中の言葉遣いに間違いがないか、漢字とひらがなの使い分けは正しくできているか、事実関係に矛盾はないか。赤ペンと鉛筆を使い分けて、わたしは1日中文章と向き合い続けた。夢中になると昼ごはんを食べることさえ忘れて没頭して、夕方になって空腹で我に返るようなこともあった。

自分が校正した文章が本になって、それが本屋さんに並んでいるのを見るのは、想像以上に素敵なことだった。わたしと同じように出版社に入りそびれて入社してきた同期は、つまらないと言って3カ月で辞めてしまった。でもわたしは逆に入社して半年経つ頃には、仕事が楽しくて仕方がなくなっていた。

その会社は小さな会社だったので、社員はわたしを含めて10人だった。それでも会社の下請けとして働いているフリーランスの校正さんたちが事務所の校正スペースで作業をしていたので、事務所にはいつも活気があった。いや、活気というのは少し違う気がする。それは特殊な機械を作る特殊な工場に特殊な技能を持った研究者たちが集まって、黙々となにかを組み立てているような景色だった。わたしはその様子を見るのが好きだった。

そのフリーの校正さんのひとりが松本《まつもと》さんだった。

駅前のレンタカー店で借りたワンボックスのバンに乗り込んで、わたしはキーを差し込む。我ながら男前な引っ越しだと思う。ただ、さっきも言ったようにわたしの部屋にはたいして荷物なんてないし、ひとりで運べなそうな冷蔵庫はもう処分するつもりでいた。勇一郎《ゆういちろう》が頼みもしないのに大きな冷蔵庫を買ったとラインを送ってきて、とても嬉しそうだったから、これを持っていったら冷蔵庫がふたつになってしまうだろう。きっと洗濯機もそうだ。あれも処分しなくては。

さっき歩いてきた道をゆっくり注意深く運転して帰り、ワンボックスを駐車する。アパートの前には小さな公園があって、わたしはその公園に住みついている野良猫たちと友達だった。特に後ろ足を事故で失ってしまい、3本足で生きているキョロ（わたしが勝手に命名した）は、わたしにとてもよく懐いていた。その猫たちとも今日でお別れだ。そのこともわたしが引っ越しをしたくない理由のひとつだった。でも大丈夫だ。あの猫たちにはわたし以外にも同じアパートの小田島さんが毎日餌をあげていることをわたしは知っている。小田島さんがいる限り、あの子たちが飢えて死ぬことはないだろう。

わたしはあらかじめ用意していた画用紙に太いマジックで「引っ越し作業中」と大きく書き、迷った末に自分の名前と電話番号を書き添えた。もし部屋で作業しているときにこの車が誰かの迷惑になったら困ると思ったからだ。

部屋に戻ると、わたしはやっと荷造りに本腰を入れる。引っ越し先の高円寺の部屋まで荷物を運んで、それをおろしてしまってから、今日中にはまたさっきの駅前までレンタカーを返しに来なくてはならない。のんびりしてはいられない。

わたしは本を縛ってまとめ、少ない洋服を段ボールに入れる。部屋はみるみる整理されていく。ただ、荷物なんて少ないと思っていたわたしの部屋も、こうやってひとまとめにすると結構な量があった。それはそうだ。曲がりなりにかもしれないけど、1年間ここで暮らしたのだ。

靴を履いたり脱いだりするのが面倒で、わたしはサンダルを出そうと下駄箱を開ける。そしてそこにも靴や傘がたくさん入っていることを発見する。わたしは溜息をつく。でも溜息をついたって仕方ない。わたしが頑張ってやらなければ終わらないのは間違いのないことだった。

サンダルをつっかけて部屋とワンボックスを往復していると、ちょうどどこからか帰ってきた小田島さんと顔を合わせる。

「あ、小田島さん」

「葛西さん、引っ越すんですか？　表のワンボックスに葛西さんの名前が書いてありました」

「……はい。ぜんぶ終わったらご挨拶に行こうと思ってたんですけど。そうなんです」

「そうですか。さみしいなあ」

「小田島さん、今日は仕事休みですか？」

「はい。今日は休みです。葛西さん、引っ越しって、引っ越し屋さんに頼んでないんですか？」

「はい。荷物なんてほとんどないし、引っ越し屋さんに頼むと高いですからね。そんな余裕ないですし、できることは自分でやらなくちゃ」

「そうですか」

「はい。終わったらまたご挨拶しますね」

「頑張ってください。葛西さん。重いものがあったら言ってくださいね」

「ありがとうございます」

わたしは引っ越し作業の続きに取りかかる。2月の肌寒い日だったけど、部屋と車とを往復しているうちにTシャツの内側にじんわりと汗をかきはじめた。

校正を仕事にしている男性はどことなくオタク臭がする人が多いのだが、松本さんも見た目のファッションは完全にオタクの流れだった。チェックのシャツをチノパンにベルトインして、スニーカーはいつも黒のオールスター。ただ松本さんのそのオタクファッションの着こなしは圧倒的にオシャレだった。身長が180センチ近くあったから洋服が似合うだけでなく、オタクファッションの代名詞とも言えるチェックのシャツはセンスもモノも良かったし、チノパンにはシワひとつなかった。スニーカーはいつも下ろしたてみたいにきれいで、黒ぶちの眼鏡はトムフォードだった。オタクのなりをしたシティボーイだ。

「不潔なのが嫌いなだけです。別にオシャレしてるわけじゃない。それにいいものを買った方が結果的に長く着られます」

いつか会社でお弁当を食べている松本さんの隣の席に座ったときに洋服のことを褒め

ると、松本さんは顔を赤くしてそう教えてくれた。

松本さんは仕事も几帳面で、その仕事のやり方は神経質なほどにていねいだった。ゲラに入れられた赤字は定規で書いたみたいに真っすぐだったし、なにより読む人のことを思いやって書いている言葉遣いが印象的だった。

わたしたち社員は、下請けであるフリーの校正さんが入れた赤字を、著者や出版社に戻す前に軽くチェックするのが決まりだったが（なかには適当な仕事をするフリーの校正さんもいた）、松本さんのゲラにはいつも文句のつけどころがなかった。出版社や著者からの信頼も厚く、中には松本さん指名で校正を頼んでくる出版社もあったほどだった。でもわたしにはその気持ちがよくわかった。とにかく松本さんの赤字には思いやりがあるのだ。書く人も、それを校正する人も機械じゃない。見落としをしないだけが校正の仕事ではないということを、わたしは松本さんの赤字から教えられた。もしわたしが本の著者だったら、松本さんみたいな人に赤字を入れてほしいと思う。

松本さんは30歳だった。23歳のわたしよりも7つ年上で、いつか小説家になることが夢だった。会社の廊下ですれ違ったり、休憩室で一緒になることも多かったので、いつのまにかわたしたちは少しずつ仲良くなっていった。
「文章が正しい場所に収まっていくのを見るのが好きなんです。淀んでいた流れが言葉の変更ひとつできれいに流れ出したり、文字をひとつ動かすだけで驚くほどきれいな文章になることもある。言葉というのは生き物なんです。そして生き物だからこそ、血の通った文章というものが存在する。僕らは日本人に生まれて、気づいたら日本語を勝手に喋れるようになっていたから、日本語という言葉を使いこなしていると思い込んでいます。けど、それは実は大きな間違いです。いい言葉というのは磨かれています。言葉を使うことと、いい言葉を使うことは、似ているように見えるけどぜんぜん違う」

ある日わたしたちは仕事のあと、ふたりで紀伊國屋書店の裏のバーに行った。なんとなくの流れだった。偶然に帰りのエレベーターが一緒になり、帰りに紀伊國屋書店に行くという予定もかぶったので一緒に歩いているうちに、成り行きでお酒でも飲みにというこことになった。紀伊國屋の裏にある地下のバーで、いい匂いのするウオッカトニックを飲みながら、わたしたちは初めてお互いの情報を交換しあった。

「じゃあ、校正というのは言葉を磨く仕事なんですか?」

「いや、言葉を磨くのは作家です。だから正確に言うと、作家や作者が言葉を磨く手伝いをする仕事だと僕は思っています」

「そっか。そうですよね。わたしたちが書いたわけじゃないですもんね」

「うん。だから僕はいつか自分の言葉を使って物語を生み出す側にまわりたい。自分で言葉をゼロから生み出して、それを誰かに校正してもらって、それから自分でも校正して、どんどん磨くんです。誰に遠慮することなく」


「……そうですか」


「ねえ葛西さん、今世の中にある小説の中で、磨かれていない言葉なんてないんです。磨き方は人によってそれぞれ違っているだろうけど、ほとんどすべてが書き直されている。僕たちはどうしても目に見えているものをすべてだと思いがちだけど、宮沢賢治だって夏目漱石だって、きっとなんどもなんども書き直したはずなんだ。もし銀河鉄道の夜がいちども書き直しをしないであの文章だとしたら、宮沢賢治は本当の神様だ」

「考えたこともなかったです。そんなの。わたし、松本さんの書いた小説を読んでみたいです。ねえ、読ませてもらえませんか？」

わたしがそう言うと、松本さんはさっきまでの饒舌《じょうぜつ》が嘘だったかのように、ウオッカトニックの入ったグラスを少し持ち上げたりテーブルに戻したりして落ち着きがなくなった。

「ダメですか？」

「いや、ダメじゃないけど……。いつか、いい小説が書けたら」

松本さんは伏し目になって、小さな声でそう言うのがやっとだった。わたしはそういう松本さんの書く小説を読んでみたいと思った。松本さんならきっと自分の言葉を使って、それを自分で磨き上げて、いい小説を書くことができるような気がした。

「松本さん」

「ん？」

「小説家になれるといいですね。応援しています。わたし。そうだ、その小説、わたしに校正させてください」

「……」

松本さんはそれには答えずに、照れたように少しだけ笑った。


「葛西さん、葛西さん……葛西さーん」

「はい。はっ！　小田島さん」


気がつくと小田島さんが玄関の前に立っていた。


「あの、引っ越し、お手伝いします。この段ボールたちをアパートの前のワンボックスに積むんですよね？」

「はい……、でも、大丈夫です。……すぐ終わりますから」

「いや、これ、案外時間かかりますよ。女性ひとりでやる作業じゃないです」

「でも……」

「気にしないでください。どうせ休みといってもたいしてやることなんてないんですから。少し手伝います」


わたしは迷ったが、小田島さんの好意を受けることにした。アパートの住民に引っ越しの荷造りや積み込みを手伝わせるなんて聞いたこともなかったけれど、小田島さんにはどこかそういうことを頼むことさえ不思議じゃなくする、親しみやすさみたいなものがあった。

気がつくと小田島さんはもう最初の荷物を運び終えてワンボックスから戻ってきたところで、次に持ち出す段ボールを慎重に選んでいるところだった。

「これ、人が見たら完全に引っ越しの手伝いにきたお父さんですね」

小田島さんは荷物を持ってわたしと廊下ですれ違うと、笑いながらそう話しかけてくれる。たぶん小田島さんなりの気遣いだ。実際小田島さんが加勢してくれたことによって、引っ越し作業は一気に進んでいった。この調子なら高円寺まで行って、約束の8時までにはレンタカーが返却できそうだった。

荷物が積み終わると、小田島さんは結局ワンボックスを運転して、高円寺までついてきてくれることになった。わたしは「そこまでしてもらうわけにはいかない」と固辞したが、結局小田島さんが運転席に座って、わたしは助手席に座ることになった。でもわたしは内心ほっとしていた。後部座席が空っぽならまだしも、荷物がいっぱいの車が重たい状態で、この車を高円寺まで運転するのは不安だったのだ。

口笛を吹きながら運転する小田島さんの顔を盗み見て、わたしは小田島さんのことをとても頼もしく感じていた。

「高円寺は昔よくレコードを買いに行っていましたよ。都内でもね、高円寺はレコードが安いんです。あのお店はまだあるかなあ。時間があまったら行ってみましょう。いい休日になりましたよ」

「小田島さん。ありがとうございます。……でもウソつかなくていいです。小田島さんはやさしいんですね」

「ウソ？　ウソついてないですよ。ほんとのことです」

窓の外を東京の景色が流れていく。蒲郡に住んでいる頃も、名古屋の大学に行っている頃も、自分が東京で働き、そこで暮らすなんて思ってもみなかった。ましてや1年で引っ越しをするなんて考えもしなかったことだ。

わたしはただ漠然と本を作る仕事がしたいと思っていただけだった。でも、それさえも今はよくわからない。校正の仕事は大好きだし楽しいけど、わたしはどんな本が作りたくて出版社で働くことを志していたのか。たった1年でその熱のようなものがどこかに失われてしまったような気がした。だからわたしは松本さんが小説家になりたいと教えてくれたとき、それがとても眩《まぶ》しく見えた。

きっとわたしには、東京という町のスピードが速すぎるのだ。わたしはそういう速さのようなものに、まだ戸惑い続けている。

この町でひとりで暮らしていると、なにもしなくてもいろいろなことが目の前に現れて、それを処理するだけで毎日が終わってしまう。その中にはいろいろなすごいことやすごい人がいて、自分の熱なんて気づいたら一瞬で奪われてしまう。

そもそも社会に出てみてわかったことは、わたしの熱の具体性のなさだった。言語化できてさえもいないし、自分で意識しないと熱なのかどうかもわからない温度の熱を、圧倒的な熱量に溢れたこの町の中で大事にあたためて暮らすことなんて、ほとんど不可能なことのような気がしてくる。どうしたらその微熱のような自分の熱を、熱のままにしておけるのだろう。夢を夢のままにしておけるのだろう。

「葛西さん、どうして高円寺に住むことにしたんですか?」

小田島さんがわたしに話しかけて、わたしは我に返る。

「あ、あの、彼と、彼と住むことになったんです」

「そうですか。それはいいですね」

「はい。彼は今はまだ蒲郡にいて、この春からやっと東京で就職が決まったところなんです。来月引っ越してくるみたいです」

「そうですか」


そうなのだ。勇一郎は就職が決まると同時に、わたしと一緒に住むことを相談もなく決めてしまった。たしかにいつか一緒に住みたいという話はしていたけれど、いざ一緒に住むとなると、わたしには心の準備が必要だった。

わたしは四六時中誰かと一緒にいるのが苦手だった。正直なことを言えば恋人でも親でも、ずっと一緒は嫌なのだ。そんなわたしが誰かとふたりで暮らすなんて、この先やっていけるのだろうか。でも田舎で育った奔放で素直な勇一郎には、そういうことを言っても通用しない。それで喧嘩になることは目に見えていた。

勇一郎は東京に出てくることを本当に楽しみにしていた。渋谷で買い物をする、家系のラーメンを食べ歩く、クラブやフェスに行きまくる。電話やラインで勇一郎が楽しそうに話してくれることは、東京に出てきた1年間で、ぜんぶわたしが嫌いだと思ったことだった。

勇一郎とは大学の入学と同時に出会った。学部は違ったが、サークルが一緒だった。サークルといっても飲み会と、ときどきテニスをするだけの軟弱なサークルだった。わたしたちはいつのまにかずるずるとつきあうようになり、結局大学の4年間そのつきあいは続いた。

勇一郎は2年生のときに授業のサボりすぎで単位が足りなくなって留年したので、わたしの方が一足先に就職して社会人になった。

わたしが東京に出てからは、ゴールデンウィークや夏休みなどの長い休みがくると、蒲郡に帰って、勇一郎と一緒に過ごした。いつ帰っても流れているのは退屈で同じような時間だった。それでも蒲郡の町は東京と違って人も少ないし、なにより静かで、帰るとずいぶんホッとした。それはわたしにとっては大事な時間だった。

「彼って、僕も前にいちどアパートの廊下でお会いしましたね?」

「あ、はい、あの……はい」

アパートの廊下で小田島さんがすれ違ったのは、勇一郎じゃなくて松本さんだった。

その日は会社の飲み会で、社員のほとんどが新宿の飲み屋に集まって飲んでいた。1次会が終わって、誰かがゴールデン街に行こうと言い出したところまでは覚えていたが、わたしはその先の記憶がまったくなかった。その日は金曜日で気持ちも緩んでいたし、なによりその週の間、少し気を遣うゲラをずっと読んでいたので、たぶんいつもより疲れていたのだ。

目が覚めるとタクシーに乗っていて、隣には松本さんがいた。わたしは松本さんの肩にもたれかかるようにして眠っていた。松本さんはタクシーの窓から真夜中の景色をぼんやりと眺めていた。

その日は社員のほかに、松本さんをはじめとしたフリーランスの人たちも大勢が飲み会に参加していた。でも人数が多すぎて、わたしはその飲み会のあいだ、松本さんの近くに行くことさえできなかった。わたしは松本さんの肩に頭を載せたまま、ぼんやりとそんなことを思い出していた。

「葛西さん、起きたね。大丈夫？　気持ち悪くない？」

「……はい。すみません。松本さん。ここどこですか？」

「葛西さんちの近くだと思う。もうすぐ駅に着く。ねえ葛西さんもう寝ないで。家までの道、説明できる？」

実際わたしは気持ち悪くはなかった。ただただ猛烈に眠かった。次に気がつくとタクシーはわたしの家の最寄りの駅の前に停まっていた。駅前の時計はもう2時を過ぎている。そこには誰もいない。あたりまえだ。わたしは運転手さんに家までの道を説明する。

ハイツひなげしの前でタクシーが停まる。松本さんが自分のお財布からお金を払っているのが見えた。メーターの表示を見ると、新宿からここまで1万円近くかかっていた。

「葛西さん、部屋まで帰れる？　明日は土曜日だからちゃんと眠るんだ」

「……はい。ありがとうございます。松本さんはどうするんですか？」

「俺は駅前に戻る。始発で帰るよ。おやすみ」

「松本さん、待ってください。……行かないでください」

真夜中の真ん中頃、わたしたちはキスをした。それはどちらからというものでもなく、静かに磁石が引かれあうようなキスだった。

「松本さん、眠れませんか？」

夜中にふと目が覚めると、床で座布団を枕にして眠っていたはずの松本さんが台所に立っていた。松本さんは水道の蛇口をひねって、水をコップに注いで飲んでいるところだった。

「ごめん。起こしちゃった。具合はどう？」

「はい。もう大丈夫です。本当にすみませんでした」

「よかった。葛西さん。まだ4時だよ。もう少しおやすみ」

「はい。松本さん、こっち来てください。顔が見えません」

夜中の真っ暗なアパートの部屋の窓から、薄く月明かりが入っていた。小さな丸い木のテーブルの上に、松本さんの黒ぶちの眼鏡と財布が置いてあるのが見える。カーテンの隙間からもれるその細い月明かりが、松本さんをぼんやりと照らしていた。

松本さんは静かに近づいてくると、ベッドの下に座り、わたしの耳のうしろの髪に優しく手をまわした。大きな手だった。

しばらくそうしてわたしの髪を撫でてくれた松本さんは、思い立ったように静かにわたしに口づけをした。

「おやすみ。葛西さん」

「おやすみなさい。松本さん」

「眠っているときの葛西さんの顔は本当にきれいだ」

「それって、眠ってないときれいじゃないってことですか?」

「……眠ってなくても」

「……おやすみなさい。松本さん。眠るの見ててください」

次に目が覚めたとき、松本さんがドアをあけて出て行こうとしているところだった。

窓の外から明るい太陽の陽射しが差し込んでいた。いつのまにか夜はすっかり明けていて、もうとっくに始発が動き出したあとだった。

「松本さん」

「……あ、起きちゃったか。ごめん。俺も寝ちゃって、こんな時間になっちゃった。長居しちゃったね。帰るね」

「あの、松本さん、待ってください。すぐ準備するから、一緒に朝ごはん食べに行きましょう。昨日のタクシー代も払ってないです」

「いいよ、そんなの。寝てなよ。せっかくの土曜日だもの。まだ早いよ」

「嫌です。一緒に行きたいです。すぐ準備するからあっち向いていてください」

わたしはベッドから起きて顔を洗う。そして部屋を出て、アパートの前で小田島さんに会ったのだ。

「小田島さん、あの、アパートで小田島さんが会ったの、彼じゃないんです」

「そうですか」

「……わたし、本当はあのアパートから、出て行きたくなんてないんです」

「そうなんですね」


「……小田島さん」

「はい？　どうしました」

「わたし、自分のことがよくわからないです」

「彼のことですか？」

「……はい。彼のことも。です。それだけじゃなくて、ほかにも。自分のことがぜんぜんわからないんです」


「葛西さんは今いくつですか？」

「……わたしですか？　23です」

「そりゃわからなくて当然です」

「……当然、ですか？」

「はい。当然です」

「小田島さんはいくつなんですか？」

「43です。わたしなんて43にもなっていまだに自分のことがわかりませんよ。わかったためしがない。葛西さんがその年で自分のことがわかったら、わたしなんてもう形無《かたな》しです」

　車が環七に入る。標識に「高円寺3Km」と書かれている。標識の向こうの青空は、冬独特の澄んだ青で、目が痛くなるほどだった。歩道では厚着をした人たちが足早に行き交っている。冬の週末だった。わたしはもうすぐこの車に積んである荷物を下ろさなくてはならない。


「小田島さん」

「はい」

「あの、あの猫たちのこと、よろしくお願いします。前の公園の猫たち。特にキョロは足が1本ないから、ちゃんと大人になれるように、見ていてあげてください」

「大丈夫。任せてください。あの3本足の子はキョロっていうんですね」

「はい。わたしが勝手につけただけですけど」

「じゃあその名前も引き継ぎましょうね。キョロ。あの子にぴったりですね。きょろきょろしていて臆病で」

「そうなんです」

わたしは小田島さんがいてくれてよかったと思う。引っ越しの運転をしてくれたとか、猫の世話をしてくれるとか、そういう実際的なことじゃなくて、存在として、今ここに小田島さんがいてくれることが嬉しいと思う。この世界に小田島さんが生きていることが、嬉しいと思う。

「でも」

小田島さんが言う。

「でも？」

「はい。でもあの子たちも急に葛西さんがいなくなったら寂しがりますね。誰にでも懐くような子たちじゃないから」

「そうでしょうか……」

「そうですよ、猫を舐めたらいけませんよ。猫はちゃんと人のことを覚えていますからね。だから」

「……だから？」

「たまに遊びにきたらいいですよ。あの公園に。そのときは一緒に晩ごはんでも食べましょう。葛西さんは隣の駅の駅前の東龍って中華料理屋に行ったことがありますか？」

「東龍？　ないと思います」

「そうでしたか。まだ1年ですもんね、東京に出てきて。あのお店のラーメンは東京でいちばんおいしいんですよ。あとで食べログで調べてみてください。評価は2.9です」

「……それってむしろ評価低くないですか？」

「そうですね。でもね、食べてみたらわかります。本当においしいんですよ。こんど一緒に行きましょう。そうだ、僕がアパートで会ったあの青年も一緒に。中華は大勢で食べた方がたくさん食べられるし楽しいですからね」

車が高円寺の駅を通り過ぎる。もうすぐわたしの新しいアパートの前に到着する。

「小田島さん」

「はい？」

「こんど遊びに行っていいですか？　小田島さんのところに」

「もちろんです。せっかく同じアパートで1年間暮らしたんだから、いつでも来てください。友達じゃないですか。なんなら次に引っ越すときはまた戻ってきたらいいです。ハイツひなげしに」

「ハイツひなげしに……戻ってくる？」

「はい。わたしたちは自分が思っているよりも、ずっと自由だと思いますよ」

信号が青に変わって、小田島さんは前を向く。車がゆっくりと動き出して、窓の外の東京の景色がまた流れはじめる。そこにはたくさんの人が歩いている。それぞれの毎日の、それぞれの場所に向かって。誰にも見えないそれぞれの心を抱えながら。

小田島さんは口笛を吹いている。でも口笛があまりに下手で、それはとても歌には聞こえなかった。

9話

5号室　袖島正一《そでしましょういち》（30歳 建設現場作業員）

ぐっしょりかいた汗で体が冷えて目が覚めた。反射的に枕元のスマホを探し、時間を確認する。暗闇の小さな部屋の中に液晶画面の3:08という文字が浮かび上がる。4時半に起きて、5時には部屋を出なくちゃならないから、もう少し眠りたかった。でももう眠りが簡単にやってこないことを俺は知っている。俺はこの場所にもまた追いつかれてしまった。どこに行っても逃れられないことはもうわかっていたから、いざそれがやってくると、観念してそれを受け入れるしかない。

俺は布団から出て台所に向かう。蛇口をひねって水を出し、それをコップに注いで一気に飲み干す。そして汗でびっしょりになったTシャツを脱ぎ、新しいTシャツに着替える。

部屋に戻ってカーテンの隙間から外を見る。あたりまえだけど、この町でこんな時間に外を歩いている人も、走っている車もない。道を挟んだ目の前の公園も、静かに夜明けを待っているようだった。猫たちはどこで眠っているのだろう。

小学校5年生の夏、近所の川で友達の神保《じんぼ》くんが死んだ。たぶん俺は神保くんを殺したと思う。

俺が生まれたのは東北の石巻《いしのまき》という港町だった。仙台から車で1時間。2011年3月11日の東日本大震災で、全国に知られることになったあの町だ。

神保くんは転校生で、小学校の入学と同時に俺たちの町に引っ越してきた。神保くんは学校でいつもいじめられていた。都会からやってきた転校生ということもあって、田舎で育った俺たちには今考えると神保くんがまとっていた都会的な雰囲気がどこか落ち着かなかったのだと思う。

それでも俺の家の近くに住んでいた神保くんは、俺たちの友達のグループにいつもついてまわっていた。リーダー格の園田《そのだ》くん、それから塚田《つかだ》くん、篠崎《しのざき》くん、俺の4人に、神保くんを入れて5人。

俺たちは退屈に飽かせて神保くんをいじめていた。神保くんはそれでもいつもへらへらと笑って、俺たちの仲間の輪から離れようとはしなかった。俺の家は神保くんの家の近くだったから、夕方になってみんなと別れて家に帰るときには、俺はいつも神保くんとふたりにならなくてはならなかった。さっきまで4人で一緒に神保くんをいじめていた日は、神保くんとふたりになるのが気まずかった。別に俺は神保くんをいじめたかったわけじゃなかった。

神保くんのお母さんは、いつも神保くんのことを家の前で待っていた。神保くんの家はとっても大きくて、神保くんのお母さんはとてもキレイだった。石巻みたいな田舎町の生まれじゃないことは、着ている洋服や外見からも伝わってきた。神保くんの家は、俺たちの田舎町にはあきらかに似つかわしくない家だったと思う。

ひとりっ子の神保くんが家に帰ってくるのが少しでも遅くなると、お母さんは心配で仕方がない様子で、俺が神保くんを連れて一緒に帰ると、家の前で決まって「袖島くん、送ってくれてありがとう」と俺に礼を言うのだった。

その日は暑い日で、俺たちは近所の河原で遊んでいた。別になにをしていたわけでもない。流れる川に石を投げてみたり、誰かが買ったジュースを回し飲みしたり、それはその年頃の田舎の小学生なら誰もがやるようなふつうのことだった。時間だけは余るくらいあったけど、その時間をどう使えばいいのかわからない、夏休みのふつうの1日だった。

その長くて刺激のない夏休みに、俺たちは少し飽き飽きしていたのかもしれない。休みなく照りつける太陽、同じように過ぎる毎日、どこに行ったって同じ顔ぶれ、埃っぽい町並み。俺は今でもそのときの景色を鮮明に思い出すことができた。

グループのリーダー格だった園田くんが神保くんのかぶっていた帽子を奪って、それを投げた。別の誰かがそれを拾い、また別の誰かにパスをした。

「よせよ、返せよ」

神保くんは珍しく声を荒らげてそれを取り返そうとした。その帽子は神保くんが出かけるときにいつもお母さんが神保くんにかぶせていた帽子だった。

帽子投げは次第にエスカレートして、ふとしたミスで帽子が川に落ちた。

「あっ！」

神保くんがあんなに大きな声を出したのを聞いたのは初めてだった。帽子は川の流れに乗って、みるみる流れていってしまった。

今思えば、そのままその帽子が遠くまで流れてしまえば、あんなことにはならなかったかもしれない。でも帽子は川の向こう岸の水草の溜まりのような場所に引っかかって止まった。川幅は10メートルはあったと思う。ただ、深さはそんなにないように見えて、歩いても向こう岸まで渡れそうだった。だから神保くんもその帽子を取りに行こうとしたのだ。

神保くんが足を滑らせるように転んで水の中に姿が見えなくなったとき、神保くんはもうその帽子に手が届きそうな所まで近づいていた。しかしそこには急な深みがあったのだ。そしてその深みはずいぶん下流まで続いているようだった。次に神保くんが姿を見せたのは、そこから20メートルくらい流れた場所だった。神保くんは必死の形相で息をしようともがいていた。

神保くんが俺の名前を呼んだように聞こえた。ほかのみんなは神保くんが溺れたことに気づかずに、なにやら別のことを始めているようだった。俺だけが神保くんが流れていくのを見ていた。神保くんは必死で水の中でもがき、俺に救いを求めるように手を差し出していた。でも俺はそのときどうしても足がすくんで、まったく動けなかった。

「あっ、神保!」

園田くんが神保くんが溺れていることに気づいて川辺を追いかけた。神保くんは水の中に沈んだり水面に顔を出したりを繰り返していた。雨が降ったあとだったので、水の流れは思ったより速かった。そしていつの間にか神保くんは見えなくなってしまった。

神保くんの遺体が見つかったのは、もうほとんど海に入る手前の川岸だった。

大学を卒業して石巻を出て、俺は東京の小さな保険会社に就職した。その翌年の3月に東日本大震災が起きて、石巻の町は大きな津波の被害に襲われた。地元で就職して港の水産加工場で働いていた園田くんは津波で流され、今でもまだ発見されていない。塚田くんと篠崎くんもその津波で亡くなったと、生き残った友達から聞いた。

あのグループの中でたったひとり、俺は東京で生き残った。そして、3月11日を決定的な境として、俺はもうなにをしても生きている実感がわかなくなっていた。

夢の中では、みんなが溺れて水の中から俺に助けを求めていた。でも俺は夢の中でもあの日と同じで、金縛りのようにまったく動くこともできず、彼らに対してなにもできなかった。その夢は一定期間続いて、いつのまにか消えていった。でもそれはまたやってくる。俺は永遠にその夢から逃れることができないのだ。いつのまにか俺は、神保くんを殺し、園田くんたちまで自分が殺したような気分になっていた。そしてその死はいつか俺のことも迎えにくるだろう。そんな恐怖が消えることはなかった。

5時になってアパートを出る。まだ明けていない冬の明け方の匂いがする。俺は自転車を立ち漕ぎして事務所に急ぐ。大学を卒業して入社した保険会社を辞め、俺は今首都圏の環状高速道路である圏央道の建設の下請けの会社で働いている。肉体労働だったが、その方が疲れて夜も眠れるから、俺にとっては一石二鳥だった。俺はただただ、息をしているだけだった。

神保くんが死んだあと、神保くんのお母さんは近所を徘徊して変なことを口走ったり、奇声をあげたりして、あきらかにおかしくなってしまった。あんなにキレイだった顔はやつれて化粧をすることもなくなり、洋服にもいつも気を遣っていたのに、すっかりみすぼらしい身なりになっていた。今はどうしているのだろう？ 俺は大学を卒業すると同時にあの町を出てしまったし、震災より前に親父もおふくろも実家ごと仙台市内のマンションに引っ越していた。

3月の震災のあと、ニュースで報道されるふるさとの変わり果てた風景を見ても、俺はその場所に近寄ろうともしなかった。俺は東京を動こうとせず、仙台の実家にも帰らなかった。震災関連のニュースが流れるのが嫌で、テレビをつけることもなくなってしまった。ボランティアや募金にも、一切関わらなかった。

神保くんは川で溺れたときに、あきらかに俺に助けを求めていた。神保くんが俺たちのグループにくっついていたのも、俺がいたからだ。単に家が近かっただけじゃない。みんながいるところでは、俺はなんとなくみんなと一緒に神保くんをからかったりいじめたりしていたけれど、ふたりになったときの俺たちはふつうの友達だったのだ。

久しぶりに神保くんの夢を見て、俺は今まで何度も行動しようと思いつつできなかったことを考えていた。どうして今になってそんな気分になったのかはわからない。とにかくその夜明け前の夢で、俺はそう思ったのだ。

「神保くんの墓参りと、みんなの供養に、石巻に行かなければ」

俺はただただみんなに謝りたかった。なんどもその思いはやってきたけれど、そのたびに俺はどうしていいかわからなくなった。どんな顔して帰っていいのかわからなかったのだ。その日の仕事から帰って、アパートの前の公園のベンチに座り、俺は空を見上げながらそう考えていた。

「袖島さん、こんばんは」

そこへ同じアパートの小田島さんがやってきた。

「小田島さん、おかえりなさい」

「袖島さんも。お久しぶりです。圏央道は完成しましたか?」

そう言って小田島さんは笑う。このあいだ同じようにこの公園で一緒になって「圏央道の工事というものは永遠に終わらないかもしれない」ということを話したのだった。

「もうすぐ3月11日ですね」

俺の頭の中を見透かすように、小田島さんはベンチに座ってぽつりとつぶやく。

「……そうですね。時間が経つのは早いです」


「小田島さん」

「どうしました?」

「あの日、小田島さんなにしてましたか?」

「わたしですか? わたしは遊園地でいつもどおり働いていました。あの日は平日でほとんど人がいなかったからよかったですけど、あちこちの遊具が止まったり壊れたりしましたよ。袖島さんは?」

「小田島さん、俺、実は石巻の出身なんです。もう実家は震災の前に仙台に越してたんですけど、生まれたのは石巻の外れです。だからあの震災で、たくさんの友達が死にました」

「……そうでしたか」

「みんな死んで、俺だけが生き残ったんです……」

8年ぶりに降り立った石巻の駅前は、震災の爪痕がまだくっきりと残されていた。それでも、あのころの面影はあちこちにまだ見かけることができた。本当に久しぶりだったけど、俺は一瞬にしてここで過ごした少年時代のいろいろなことを思い出していた。でも、ここにも津波はやってきたのだ。そのことを考えると、胸が苦しくなる。駅前でレンタカーを借りて、昔住んでいた町の方に車を走らせる。駅を離れて港に近づくにつれて、さらにあの日の爪痕が目につくようになった。

本当なら里帰りというのは、昔の友達に会ったり、ゆかりの場所を訪れて過去を懐かしむ行為のはずだ。窓の外は3月特有の真っ青な空で、空気がひんやりと冷たかった。東北のこの町に春がやってくるのはもう少し先のことだ。

ハンドルを握りながら、突然涙が溢れてくる。目の前に海が広がっていた。みんなこの海に消えていってしまった。小学校5年生の夏休みのあの日を境に、なにもかもがおかしくなっていってしまった。

一度きりしかない人生を、俺たちはみんな無駄にしてしまった。あの日、俺たちは神保くんの帽子で悪戯《いたずら》なんてしなければよかったんだ。涙はとめどなく溢れ、俺は車の中で声をあげて泣いていた。

神保くんの死は事故として扱われた。俺たらは神保くんの帽子が風で飛んで、神保くんがそれを取りに川に入って溺れたと証言した。みんな怖かったのだ。そして大人たちはそれを信じた。

でもそれは事故なんかじゃない。神保くんを殺したのは俺たちだ。正確に言うと俺だ。なぜなら神保くんが溺れていることに気づいた仲間たちは、すぐに彼を助けようと動き出したのだ。でも俺は、神保くんが溺れるのをただ黙って見ていた。俺の動き出しが早ければ、あるいは神保くんは死ななかったかもしれないのだ。

俺は仲間にさえそのことを話せずにいた。そして俺がその秘密を抱えているあいだに、みんなも死んでしまった。

あの日以来、俺たちはもうつるむことをやめてしまっていた。そしてそのことを語ることを意識的に避けて暮らしていた。そして進学や卒業で疎遠になり、ある日みんなもあの津波にのまれてあっけなく死んでしまった。もう今やその秘密を知っているのは俺だけだった。正確には俺と、小田島さんだけだ。俺はあの日、公園で小田島さんに生まれて初めて他人にこの話をしたのだった。

「袖島さん、その秘密を今から神保くんの家族にお伝えしたとして、なにかが変わるのでしょうか？　警察に話して、どうなるのでしょうか」

あの日の小田島さんの言葉がよみがえる。そのことをずっと悔いてきたこと、それを終わりにしたいこと、俺がずっと考えてきたことを小田島さんに話すと、小田島さんはそう言った。

「でも、俺は人を殺したんです。それを認めて罪を償わないと、俺はもうずっと死ぬまでそのウソに自分自身を蝕《むしば》まれ続けるんです。そうしないと俺はいつまでも酷い夢にうなされ続けるんです。もう俺は生きて幸せになろうなんてことは思いません。でもせめて、こんな最悪な気分で生きていることだけは終わりにしたい」

「そうですね。袖島さん。確かに『正しいこと』を物差しにして語るならば、すべてを正直に話して、真実を伝えることが『正しいこと』だと思います。でも今その正しさを物差しにすることに、本当に意味があるんでしょうか？　もしかしたらそれは自分が楽になり、逆に神保くんのご家族をさらに苦しめるだけじゃないでしょうか。『正しさ』で神保くんが生き返るならそうすればいいですけど、そんなことはありませんよね。ウソは苦しいかもしれないけど、そのウソを持ち続けることも償いじゃないでしょうか」

「……神保くんの家族を傷つける」

「知ったようなことを言ってすみません。僕が神保くんの家族だったらそう思うということを言ってみただけです。もちろん今のはただのわたしの考えですし、それを強要することもしたくありません。わたしは袖島さんの痛みも悲しみも代わってあげられませんから、袖島さんが袖島さんの思うようにするのがいちばんです」

「それから……」

「はい？」

「袖島さんが不幸になって、誰が喜ぶんでしょうか？」

「……小田島さん」

「たしかに小学校のときにお友達が亡くなったのは袖島さんたちの悪戯がきっかけだったかもしれません。でもね、川に入ったのはそのお友達の意思です。冷たいことを言うようですが、袖島さんたちが彼を川に投げ込んだわけじゃありません。だからそれは殺したということとは少し違うと思います。彼だってきっと殺されたとは思っていないと思いますよ。もしそれを悔いているのなら、彼のことを思い出して、毎年忘れずにお墓参りに行ってあげたらいいんじゃないでしょうか。忘れないこと。それだけが今からできることじゃないですか？　袖島さん」

「……忘れないこと？」

「そうです。忘れないことです。死者に対してわたしたちができるのは、忘れないでいることだけです。わたしにも、そういう人がいます」

「小田島さん……」

「みんな死んじゃって、ひとりで秘密を抱えて、苦しかったですね。袖島さん。よく頑張りましたね。痛みというのはとても個人的なものです。それに耐えるということは、楽なことじゃない。たいしたものです」

そのひとことは俺の心の継ぎ目の糸を抜くように引っ張り、いつのまにか俺は大粒の涙をこぼして泣いていた。

「小田島さん、でも俺に生きる権利なんてあるんでしょうか?」

涙はとめどなく流れ続けていた。そして長く自分がひとりで抱えていた苦しみを口にしたことで、俺は自分の中でなにかが蠢《うごめ》き出したのを感じていた。そしてその自分が汚れだと思っていたものを小田島さんが赦《ゆる》してくれたことで、そのなにかは誰にも見せられなかった心の内側のドアを押し開いた。少しだけ開かれたドアの隙間から、涙がとめどなく溢れ出してきていた。

「袖島さん、生きるのに権利なんて必要ありませんよ。そんなのはたぶん必要ないんです。わたしたちはみんな死にます。必ず死ぬんです。だから死ぬまで生きるしかないんです。神保くんの食べられなかったものを袖島さんが食べて、震災で亡くなったお友達の分まで一生懸命働いて、生きるしかないんです。権利とか義務とか、そんなもの豆腐の角にぶつかって粉々になってしまえばいいいんです。関係ないんですよ。袖島さん。一生懸命生きるしかないんです」


神保くんのお墓は、高台の霊園にあった。そこへ来るのは神保くんのお葬式の日以来だった。お墓はきれいに保たれていた。それが俺を安心させてくれた。お墓がきれいだということは、誰かがそこに定期的にやってきているということだ。俺は神保くんのお母さんの顔を思い出す。どこかからかすかに梅の花の匂いがしている。

「神保くん。ごめんな。許してくれないかもしれないけど、ごめん。今さらかもしれないけど、俺、これから毎年会いにくる。許してくれないかもしれないけど、毎年会いにくるから。今まで来れなくてごめん。怖かったんだ。本当にごめん」

振り返ると遠くに静かな海が見えた。3月11日にやってきた地震は、海の向こうから大きな津波を連れてきて、一瞬でこの町をのみ込み、友達をどこかに連れていってしまった。俺は目を閉じて黙禱《もくとう》する。

「みんな。久しぶり。……どうしちゃったんだろうな。俺たちも、この町も」

人生とはいったいなんだろう。俺たちはなんのために生まれ、死んでいくのだろう。生きることにいったいなんの意味があるというのだ。生きようとして生きられない人がいる。生きる意味を見つけられない人がいる。そうこうしているうちに、命を奪われてしまう人がいる。

生きることに権利なんて必要ない。いつか俺たちはみんな死ぬ。

俺には友達もいないし、彼女もいない。やりがいのある仕事だってない。ただただ、無為に生きているだけかもしれない。でも少なくとも俺は生きている。それなら生きなくてはいけない。気づくのが遅すぎると言われたって仕方ない。だって俺は今、それに気づいたのだから。

そうだ。小田島さんに「石巻焼きそば」のレトルトをおみやげに買って帰ってあげよう。小田島さんはあの日「石巻といえば焼きそばですね。石巻焼きそばってどんな味なんでしょうか。一度食べてみたいですねえ」と言っていた。小田島さんはとにかく三度の飯より焼きそばが好きなのだそうだ。焼きそばだって三度の飯の内に入ってるし、石巻焼きそばなんてただの焼きそばだけど、きっと小田島さんはそのおみやげを喜んでくれると思う。小田島さんの笑ったときのあの嬉しそうな顔が頭に浮かんだ。

「神保くん。来年また来るよ。今から駅前で焼きそば買って、そのまま東京に帰る。俺だけ生きてて申し訳ないけど、そのうち死ぬから許してくれ。じゃあ。また」

俺はレンタカーにキーを差し込んで、霊園をあとにする。少なくとも今の俺には目的がある。おみやげに焼きそばを買って、同じアパートに住んでいる友達に届けることだ。

あとがきのようなもの

長野県の松本にある「栞日」という本屋さんの、1部屋だけのゲストハウスで、この「あとがき」のようなものを書いています。夏の終わりの夕方。さっきまで降っていた雨が上がって、北アルプスの山々に厚い雲がかかっているのが、窓から遠くに見えています。

2018年の夏休みの1週間、僕はここで集中してこの物語の原稿を直しました。疲れたら松本の町をあてもなく歩くのが、ささやかな毎日の楽しみでした。松本の町はあちこちにきれいな湧き水が湧いていて、日差しが強い午後はその湧き水にビーチサンダルの足を浸し（歩いているとすぐ乾く）、歩き疲れたらブックカフェでビールを飲み、部屋に戻ってまた原稿と向き合う。そんなふうにして1週間が静かに過ぎていきました。

そしてすべての文章に赤字を入れ切って（ずっと手元に置いていたら延々と赤字を入れ続けてしまいそうです）、今最後にこの原稿を書いています。

3年前に『りんどう珈琲』という小説をクルミド出版から書籍化していただいたときに、1冊だけではなく、2冊目の小説を書いて、もしそれを本にすることができたら、自分は初めて「小説を書いている」と胸を張って言える。そう思ったことをよく覚えています。でもいざ2冊目の本が発売になろうとしている今はむしろ、ぜんぜん胸を張ることなんてできないなぁというのが正直なところです。どちらかというと書けば書くほど言葉というものの奥深さと難しさに直面して、ずいぶんと長い時間がかかってしまいました。

ひとつだけ嬉しかったことは、『りんどう珈琲』も、この『ハイツひなげし』も、自分の中では同じことが書けていると思えたことでした。雑誌編集者として長く編集の仕事を続けていますが、言うなれば自分が作る表現のすべてが、多かれ少なかれこの「同じこと」を起点にしていて、その地下の深い場所にある水脈のようなものから、ていねいに水を汲み上げるように、この物語を書くことができている実感がありました。

もちろん小説は読む人のものですから、どのような捉え方をしていただくのも自由です。僕としては読んでいただいた人に、その地下の深い場所で出会えることを祈るばかりです。願わくは、この本があなたの部屋の本棚に長く残り、繰り返し読んでもらえる本になれたら。そんなことを夢想しています。たとえば僕にとっての宮沢賢治の『銀河鉄道の夜』のように。

最後になりますが、この本を手に取ってくださったすべての方にお礼を申し上げます。そして僕の頭の中を覗いたかのように『ハイツひなげし』の装画を描いてくれた藤岡詩織さん、美しい佇まいの本にしてくれたデザイナーのタキ加奈子さん、すばらしい校正で完成をサポートしてくれた槇一八さん、そしてなにより、いつも温かく見守り、ときに巫女のように導き、この物語に伴走してくれたセンジュ出版代表の吉満明子さんに、心からの感謝を込めて。

この原稿をメールで送ったら、歩いて「しづか」まで行って、ビールと山賊焼きを食べようと思います。締めは野沢菜に白いごはん、なめこ汁です。では。またどこかで。

２０１８年８月　松本にて

古川誠（ふるかわまこと）

1975年埼玉県生まれ。小学校低学年から野球を始め、高校卒業まで野球漬けの日々（小中高とキャプテンを務める）。大学時代から小説を書き溜め、現在はスターツ出版に在職。オズマガジンの編集長時代に自社小説投稿サイトにて連載していた小説「りんどう珈琲」が2015年にクルミド出版より書籍化。「ハイツひなげし」は2作目の長編小説となる。

本書は書き下ろしです。

ハイツひなげし

二〇一八年九月二〇日　第一刷発行

著者　古川誠

発行人　吉満明子
発行所　株式会社センジュ出版
〒一二〇-〇〇三四
東京都足立区千住三-十六
電話　〇三-六三三七-三九二六
FAX　〇三-六六七七-五六四九
http://senju.pub.com

校正　槇一八
装画　藤岡詩織
装幀　タキ加奈子(soda design)

印刷・製本　中央精版印刷株式会社

ISBN 978-4-908586-04-0

株式会社センジュ出版は「しずけさ」と「ユーモア」を大切にする、まちのちいさな出版社です。

センジュ出版の本

「千住クレイジーボーイズ」

高羽彩 原作／諸星久美 ノベライズ

本文　224ページ
定価　1900円+税
発売　2017年8月25日
ISBN　978-4-908586-03-3 c0093

NHK地域発ドラマをノベライズ

「意地の張りどころ。間違えんじゃねぇよ」ーーかつては一世を風靡したものの今や人気ガタ落ちのアラサーピン芸人・恵吾。貯金は底をつき、家も追い出され、昔組んでいた漫才コンビ「クレイジーボーイズ」の相方・行（ゆき）が住む東京足立区・北千住エリアの家に転がり込む。そこで出会うのは元ヤンキーの床屋や銭湯のダンナなど個性豊かなまちの面々。そのおせっかいさを恵吾は疎ましく感じるが、そんな人たちに触れるうち恵吾の日々に変化が生まれて…。千住のもの哀しさと温もりが詰まった物語。

「子どもたちの光るこえ」

香葉村真由美 著

本文　192ページ
定価　1800円+税
発売　2017年8月20日
ISBN　978-4-908586-02-6 c0095

教室で実際に起こった、子どもたちの物語

学校一の問題児と言われた男の子の涙、声を出せなくなった孫娘をかばったおばあちゃん、卒業後みずからいのちを絶った女の子が遺したメッセージ、家族から暴力を振るわれた男の子のついたウソ、交通事故でお父さんを亡くした男の子の願い。全国各地での講演で30000人以上が涙を流した、子どもたちの実話を収録。生徒から「先生のクラスの生徒でよかった」と言われ、教師から「先生のクラスの生徒になりたい」と言われる、福岡の現役女性小学校教師、真由美先生の初書籍。